Die magische Insel
Der Verdacht des Pharao

Weitere Schulausgaben der *Magischen Insel*:

Verrat bei den Wikingern
Der Verdacht des Pharao

THiLO

Die magische Insel

Der Verdacht des Pharao

Loewe

Zu diesem Buch steht eine Lehrerhandreichung
zum kostenlosen Download bereit unter:
http://www.loewe-verlag.de/paedagogen

FSC
www.fsc.org
MIX
Papier aus verantwortungsvollen Quellen
FSC® C014496

ISBN 978-3-7855-6918-4
1. Auflage 2012 als Loewe-Schulausgabe

Umschlagillustration: Almud Kunert
Umschlaggestaltung: Elke Kohlmann
Printed in Germany

www.loewe-verlag.de

Inhalt

In diesem Buch werden dir einige merkwürdige Namen begegnen, unter anderem Ramses II. und Seti I.
Die Striche hinter den Namen sind römische Ziffern. II steht für 2 und I für 1. Vor Ramses **dem Zweiten**, denn so wird es ausgesprochen, gab es schon einen anderen, und Seti **dem Ersten** folgten später weitere auf den Thron.

Sonnen-Sonntag

Einar nieste.

Als er die Augen aufschlug, zeigte sein Digitalwecker 05:56. Durch die Fensterläden fielen helle Strahlen in sein Zimmer. „Nur weil Sonntag ist, müsst ihr doch nicht genau auf meine Nase zielen!", murmelte Einar ihnen zu. Schnell schloss er die Augen wieder. Er wälzte sich auf die andere Seite. Mit der Wange streifte er wuscheliges Fell.

Odin rekelte sich. Mit seiner rauen Zunge leckte er über Einars Nase. Einar seufzte. Jetzt war die Nacht endgültig vorbei.

„Guten Morgen, mein Süßer!", begrüßte er seinen besten Freund. Seit seine Eltern vor vier Jahren an den einsamen Fjord gezogen waren, hatte er jede Sekunde mit dem Hund verbracht. Und Odin hatte es Einar auch zu verdanken, dass er die magische Insel gefunden hatte. Wenn er damals, mitten im schlimmsten Unwetter, nicht ins Meer gefallen wäre …

Zurzeit war überhaupt kein schlechtes Wetter. Seit Tagen brannte die Sonne vom Himmel. Gestern hatte Einar sogar etwas ganz Seltenes beobachten können: Ganz langsam hatte sich eine schwarze Scheibe vor die Sonne geschoben. Mit einem Mal war es kalt geworden. Odin hatte sich fiepend ins Gras gelegt. Eine Sonnenfinsternis, wie Einar später in der Zeitung gelesen hatte.

Wie wichtig die Sonne für uns Menschen ist!, dachte er schaudernd. Und für alle Lebewesen auf der Erde. Er musste sich eingestehen, dass er fast gar nichts über diesen Stern wusste. Eine spannende Sache, die es zu erforschen galt!

Einar sprang aus dem Bett und zog sich an. Im Haus war alles still. Klar, sonntags schliefen seine Eltern lange.

Leise klatschte Einar in die Hände. Mit einem Satz war Odin auf seinem Arm. Auf Zehenspitzen verließ er das Wohnhaus. Draußen war

es bereits richtig warm. Über den Kiesweg lief Einar zum Leuchtturm hinüber. Hier hatten seine Eltern ihr Büro. Olav und Stine Magnusson erforschten die Entstehung der Fjorde. Im Stockwerk darüber lag Einars Labor, ein kreisrunder Raum. Hier gab es alles, was ein wissbegieriger Junge wie er benötigte: ein Mikroskop und den Chemiekasten, eine Steinsammlung und das Herbarium, wo er seine getrockneten Pflanzen aufbewahrte. Dazu natürlich jede Menge Bücher. Und seinen Lieblingsplatz, den Cordsessel vor dem Computer. Freudig bellend sprang Odin in sein Körbchen beim Kachelofen. In seinem Napf hatte er die Reste eines Leckerlis entdeckt. Schmatzend machte er sich darüber her.

Einar fuhr den Rechner hoch und gab in die Internet-Suchmaschine das Wort SONNE ein. 94 600 000 Treffer! Bald stieß Einar auf eine interessante Seite.

„Mann, ist das spannend!“, murmelte er. „Hör zu, Odin!“ Er las den Text laut vor:

„Für alle Bewohner der Erde ist die Sonne der wichtigste Stern. Ohne ihre Wärme und ihr Licht wäre Leben bei uns nicht möglich. Dabei ist sie 150 Millionen Kilometer von der Erde entfernt. 150 Millionen, Odin! Was sagst du dazu?“

Odin hob nur kurz den Kopf. Offensichtlich fand er sein Futter noch wichtiger.

Einar rechnete. „Wenn ich schnell gehe, schaffe ich sechs Kilometer in der Stunde. Bis zur Sonne müsste ich also … 25 Millionen Stunden laufen. Das sind ungefähr … eine Million und 42 Tausend Tage oder … 2 854

Jahre!“ Einar brummte der Kopf vor lauter Zahlen. Er las weiter: „Tag und Nacht wechseln sich ab, weil die Erde sich dreht. Sie wird also unterschiedlich von der Sonne angestrahlt. – Oh, hier steht noch was zur Sonnenfinsternis!“ Einar las weiter: „Bei einer Sonnenfinsternis schiebt sich der Mond für einige Minuten vor die Sonne. Man könnte denken, dass beide gleich groß sind. Dabei ist die Sonne nur einfach viel weiter von der Erde entfernt. Früher fürchteten die Menschen bei einer Sonnenfinsternis, dass die Welt untergeht.“

Einar klickte eine neue Seite an. Ein Mann mit einem Falkenkopf erschien. Auf dem Kopf balancierte er eine Scheibe.

„Viele Völker verehrten die Sonne. Für die alten Ägypter war Amun-Re, ihr Sonnengott, der wichtigste aller Götter.“

So ähnlich wie Odin bei

den nordischen Göttern, schoss es Einar durch den Kopf. Er dachte an die magische Insel. Wann mir Odin wohl wieder ein Zeichen schickt, dass er mich braucht?

Seufzend schaltete Einar den Rechner aus. Sein Magen knurrte. Er lief mit Odin ins Wohnhaus zurück und begann leise, den Frühstückstisch zu decken.

Als der betörende Duft von Erdbeertee durch die Küche zog, schlich Einar zum Schlafzimmer seiner Eltern.

„Aufstehen, ihr Langschläfer!“, sagte er lachend. „So einen herrlichen Sonnen-Sonntag vertrödelt man nicht im Bett!“

In ihren Schlafanzügen setzten sich seine Eltern an den Tisch. Einar freute sich über ihr Lob für die tolle Überraschung.

Als Beerenmarmelade und Fischpastete, Käse und Korngrütze fast aufgegessen waren, hörten sie plötzlich einen dumpfen Schlag. Einar zuckte zusammen. Irgendetwas war mit hohem Tempo an das Küchenfenster geknallt.

Odins Bote

Tatsächlich hockte unter dem Fensterbrett ein Vogel im Gras. Es war Munin, Gott Odins treuer Begleiter.

„Hallo, Munin!“, begrüßte Einar ihn fröhlich. „Du hast dir doch hoffentlich nicht wehgetan?“

Der Rabe schüttelte den Kopf. „I wo“, krächzte er benommen. „Hab nur mit dem Schnabel an die Scheibe geklopft!“

Einar wurde vor Vorfreude ganz kribbelig. „Soll ich zu Odin kommen?“

„So ist es, Menschlein!“, schallte es vom Dach. Hugin, Odins anderer Rabe, hockte auf der Regenrinne.

Einar machte einen Luftsprung. „Komm, Odin!“, rief er seinem kleinen Foxterrier zu. „Auf in ein neues Abenteuer!“

Er musste sich nicht von seinen Eltern verabschieden. Wenn die magische Insel in die

Vergangenheit reiste, verging in der Gegenwart keine Sekunde. Schon im nächsten Augenblick würde er wieder da sein. Im nächsten Augenblick, nach einem langen, spannenden Abenteuer!

Hastig eilte Einar zu dem Hügel, wo er in seinem Basislager die Andenken an seine bisherigen Reisen versteckte. Er hob die Tür aus zusammengenageltem Treibholz zur Seite. Sonnenlicht fiel in den niedrigen Raum. Auf einem Brett lagen das Schwert der Wikinger, der goldene Trinkpokal aus der Ritterzeit und ein Tongefäß aus der Camargue. Dort hatte er geholfen, die Wildpferde zu retten.

Irgendwie wurde er das Gefühl nicht los, diesmal die Tonvase zu brauchen.

Mit dem Gefäß unter dem Arm kletterte Einar die staubtrockenen Stufen zum Meer hinunter. Dort lag tatsächlich die magische Insel! Drei Birken reckten sich in den morgendlichen Himmel. In ihrem Schatten stand die kleine Hütte.

Einar watete durch die flachen Wellen. Der Foxterrier und die Raben hockten schon im Gras. Ungeduldig steuerte Einar sofort die Hütte an und öffnete die Tür. Drinnen war es dunkel. Odin, der große Magier, saß auf seinem steinernen Thron. Sein schneeweißer Bart strich bei jeder Bewegung über das dicke Buch in seinem Schoß.

Der Wolf zu Odins Füßen knurrte Einar an. Odin streichelte dem Tier beruhigend über den Kopf. Das Knurren verstummte.

„Du … du hast mich gerufen?“, stammelte Einar.

„Einar, wie schön!“, antwortete Odin. Freundlich zwinkerte er Einar mit seinem einzigen Auge zu. „Ja, ich brauche deine Hilfe!“

Einar fürchtete fast, er würde gleich platzen.

„Sag schon, worum geht es?“, rief er.

„Langsam, langsam, Einar“, brummte Odin lächelnd. „Mich interessiert heute etwas aus einem untergegangenen Reich. Eile ist da nicht mehr vonnöten!“

Er strich mit der Handfläche über das dicke Buch. „Ich schreibe gerade an der Geschichte Ägyptens. Viele Seiten sind schon gefüllt.“ Odin räusperte sich. „Nur an eine Sache kann ich mich nicht mehr erinnern: Wie ein Priester des Sonnengottes Amun-Re seinen Tempeldienst beginnt.“ Odin lachte leise. „Es ist besonders wichtig – schließlich ist Amun-Re sozusagen ein Kollege von mir!“

Einar jubelte innerlich. Heute früh noch hatte

er über Amun-Re gelesen, den falkenköpfigen Gott. Jetzt sollte er seine Priester besuchen!

„Besonders verehrt“, fuhr Odin fort, „wurde Amun-Re während der 19. Dynastie, in der Regierungszeit von Ramses II. In diese Zeit würde ich dich gerne schicken. Hast du Lust?“

„Bombastisch fantastisch!“, jauchzte Einar.

Odin erhob sich. „Dein Eifer macht mir große Freude, Einar!“, sagte er. „Die magische Insel wird dich nach Uaset bringen, ein Ort, den die Griechen später Theben tauften. Dort steht Amun-Res Haupttempel. Dort müsstest du eigentlich alles Nötige erfahren!“

Ein greller Blitz zuckte auf. Odin, Wolf und selbst der gewaltige Thron waren verschwunden. An seiner Stelle hing nun eine Hängematte. Auf einem Schreibtisch lagen Stifte und Schere. Neben der Tür war ein großer Spiegel. Alles so, wie ich es schon kenne, dachte Einar.

Nur eine Sache bereitete ihm ein kleines bisschen Kopfzerbrechen: Der Spind, in dem sich immer die Kleider befanden, die Einar bei seinen Aufgaben tragen sollte, war diesmal fast leer. Bis auf ein kurzes weißes Leinentuch.

Kein Durchkommen

Zögernd trat Einar vor die Tür. „Eine schräge Bemerkung, und ich suche mir neue Freunde!“, schnaubte er.

Die Raben starrten ihn wie vom Donner gerührt an. „Oh, so ein großes Menschlein braucht noch Windeln!“, spottete Hugin. Munin kringelte sich vor Lachen.

Beschämt sah Einar an sich hinunter. Er war fast nackt. Um seine Hüften geschlungen trug er das Leinentuch – wie eine überdimensionale Windel. Jetzt musste auch er lachen.

„So war nun mal die Mode im alten Ägypten!“, antwortete er grinsend. „Seht selbst!“

Die Raben drehten ihre Köpfe. Auf dem Nil fuhren kleine Segelschiffe vorbei. Braungebrannte Männer schoben mit langen Stecken schmale Papyrusboote übers Wasser. Fischer warfen ihre Netze aus.

Ein Stückchen weiter ragten dicke Säulen in den Himmel. Sie trugen ein kolossales Dach aus Sandstein. Das muss der Tempel sein, von dem Odin gesprochen hat, dachte Einar. Die Schönheit des Gebäudes raubte ihm fast den Atem.

Und die magische Insel hatte sich perfekt ihrer heißen Umgebung angepasst, bemerkte Einar. Überall war Sand. Statt der Birken wuchsen hier nun drei Palmen, an denen braungelbe Früchte hingen.

„Datteln", erklärte Munin schmatzend. „Sehr köstlich!"

„Dann esst euch satt", sagte Einar nur. „Ich sehe mir inzwischen den Tempel an!"

Er nahm Odin auf den Arm und schulterte die Leinentasche mit der Tonvase. Vorsichtig setzte er einen Fuß ins Wasser. Der Nil war warm. Schnell sank Einar bis zu den Knöcheln im Schlamm ein. Schon nach wenigen Schritten erreichte er das feste Ufer. Ein schmaler Weg führte durch die Felder, direkt auf den Tempel zu. Knapp 200 Meter vom Tempel entfernt hockten Steinmetze auf einer liegenden Säule. Sie war länger als zwei Lastwagen und mit Blumenmustern verziert. Schwitzend meißelten die Männer ägyptische Zeichen in den Stein. Hieroglyphen hießen die Zeichen, das wusste Einar schon.

Den Blick nur nach oben gerichtet, trat Einar durch das Tor. Hoffentlich halten die Säulen das Dach auch wirklich, dachte er. Gerade, als Einar eine der Säulen berühren wollte, legte sich eine Hand auf seine Schulter. „Was machst du hier?“

Verdutzt fuhr Einar herum. Vor ihm standen zwei Männer mit geschorenen Köpfen. Beide trugen mit Fell bespannte Schilde, aus ihren Röcken blitzten die Griffe von Dolchen. Der größere hielt Einar grimmig sein Schwert an den Hals. Das kalte Metall drückte Einar die Luft ab. Eine falsche Bewegung, und die

scharfe Klinge würde ihn verletzen.

„Halt!“, schallte es aus dem Säulengang. Der Soldat lockerte seinen Griff ein wenig. Ein Mann mit bodenlangem Gewand trat auf sie zu. Über seinen Schultern lag ein Leopardenfell. „Warum erzürnt ihr Amun-Re mit eurem Geschrei?“, fragte er.

Widerwillig verbeugte sich der Soldat. „Verehrter Priester! Dieser Jüngling hat das Heiligtum betreten!“, schnaufte er.

Der Priester sah Einar an. Seine Augen waren klar und weise.

„Weißt du nicht, dass nur Priester den Tempel betreten dürfen?“, fragte der Mann ruhig.

Einar senkte den Kopf.

„Geh!“, befahl der Priester. Dann drehte er sich um und verschwand zwischen den Säulen. Mit ärgerlichen Gesichtern machten nun auch die beiden Soldaten Platz.

Hastig verließ Einar den Tempel. Kaum war er auf der Straße angekommen, begann er zu rennen. Nur weg hier!

Erst auf der magischen Insel traute er sich aufzuatmen.

„Mir ist da noch was eingefallen, Einar!“, krächzte Munin über ein paar Datteln gebeugt. „Den Tempel dürfen nur Priester betreten! Es wäre also besser, wenn du …“

„Danke für den Hinweis.“ Einar seufzte. „Ich wünschte, wir könnten erst mal am anderen Ufer an Land gehen!“

Zunächst wollte er nur möglichst viel Wasser zwischen sich und die Tempelwachen bringen.

Langsam bewegte sich die magische Insel auf das westliche Ufer zu. Nilabwärts entdeckte Einar ein paar Paläste und noch mehr prachtvolle Tempel. Um die würde er einen großen Bogen machen, schwor er sich. Jetzt wollte er sich nur umschauen. „Aber diesmal kommt ihr mit!“, kommandierte er. Einsichtig nickten die Raben und hoben ab.

Nicht allzu weit entfernt bemerkte Einar eine lange Mauer. Ob dahinter ein Dorf oder gar eine Stadt lag?

Schon wenige Minuten später wünschte sich Einar, auch er könnte fliegen. Der Sand der Wüste war unerträglich heiß. Bei jedem Schritt schien er seine Fußsohlen zu braten. Odin musste sogar getragen werden. Einar setzte ihn zu der Vase in die Tasche. Diese Hitze! Das steinige Tal verwandelte sich mehr und mehr in einen Glutofen. Wasser!

Endlich erreichten sie die Mauer. Über das Sims ragten kleine Ziegelhäuser. Und Häuser bedeuteten Schatten!

„Hier drüben ist ein Tor!“, krächzte Munin heiser. Doch wieder versperrten ihnen Wachen den Weg.

„Lasst mich rein!“, flehte Einar. „Ich hab solchen Durst!“

Unbarmherzig kreuzten die Männer ihre Lanzen vor seiner Nase. „Dieser Ort ist für Fremde verboten!“, schnauzten sie ihn an. „Für kleine Schmuggler wie dich erst recht. Du hast doch Weizen in deinem Sack, oder nicht? Aber hier bekommt niemand etwas zu essen. Bis der Schuldige gefunden ist!“

Einar verstand den Sinn der Worte nicht. Die Sonne machte seine Gedanken irgendwie matschig. Was war hier los? Kaum hatte er den Wachen den Rücken gekehrt, als ihn ein Ruf zusammenzucken ließ. „Alarm!“

Minea

Einars erster Impuls war es, zu rennen. Von brüllenden Wachen hatte er für heute wirklich genug!

„Einar, schnell!“, krächzte Munin. „Die Männer sind ins Dorf gelaufen! Die Luft ist rein!“

Vorsichtig drückte sich Einar um die Mauer herum, die Tasche mit Odin und der Vase darin an sich gepresst. Von den Wachen fehlte tatsächlich jede Spur. Aber es war gespenstisch hier. Ein schmuckloses Haus reihte sich an das andere. Alle sahen gleich aus: ein Fenster, eine Tür, zwei Stockwerke hoch – eine trostlose Reihenhaussiedlung. Die schmalen Wege dazwischen waren menschenleer. Vorsichtig ging Einar weiter und lugte um die Ecke. Und bekam einen Riesenschreck!

Die Einwohner des Dorfes wurden von einem Trupp Soldaten zusammengescheucht: Männer in kurzen Röcken, Frauen in weißen Kleidern, splitternackte Kinder, Greise mit krummen Rücken. Ungefähr 200 Personen quetschten sich um einen Brunnen herum. Auf einen Pfiff hin riegelten die Soldaten die Fluchtwege ab. Ein Mann mit kurzem Kinnbart und einem weißen Tuch auf dem Kopf sprang auf den Brunnenrand. Elegant und tödlich wie ein Panther, schoss es Einar durch den Kopf. Der Mann trug einen verzierten Rockschurz und dicke goldene Ketten um Hals und Oberarme. Er pfiff erneut. Sofort verstummten die Dorfbewohner. Der Anführer der Wachen!, wusste Einar sofort. Grimmig, fast angewidert, blickte der Mann auf die Dorfbewohner herab.

„Einwohner der Totenstadt!“, rief er. „Schon wieder ist ein Schmuckstück aus einem unserer heiligen Gräber aufgetaucht!“ Mit theatralischer Miene öffnete er seine Hand. Zwischen seinen Fingern blitzte ein Ring.

„Nur ihr wisst, wo sich die Gräber befinden!“, schnarrte er weiter. „Nur einer von euch kann der Dieb sein! Möge er vortreten und die gerechte Strafe von Amun-Re empfangen!“

Niemand rührte sich.

„So ist der Schuldige nicht nur ein Feigling", fuhr der Anführer der Wachen fort. „Er ist auch für den Hunger seiner Nachbarn verantwortlich!" Er wandte sich an seine Soldaten: „Weiterhin kein Korn für dieses Dorf. Bis sich der Grabräuber meldet!" Er grinste schäbig. „Oder von einem treuen Diener Amun-Res gemeldet wird!"

Einar spürte Wut in sich hochkochen. Er ahnte, was diese Worte bedeuteten. Nach ein paar Tagen ohne Essen würde sich schon jemand finden, der den Soldaten einen Unschuldigen ans Messer lieferte.

Einar ballte die Fäuste. „So eine Gemeinheit", murmelte er. Odin streckte seinen wuscheligen Kopf aus der Tasche. Dann bellte er zustimmend.

Erschrocken sah Einar auf den Platz. Beinahe gleichzeitig flogen 200 Köpfe herum. Einen Moment lang starrte ihm der Anführer der Wachen direkt in die Augen. Sein Blick war kalt und falsch. Schon schwärmten die Soldaten aus.

Blitzschnell rannte Einar in die Gasse zurück, aus der er gekommen war. Hugin und Munin schwebten hoch über dem Dorf. „Nicht da lang, Menschlein!“, krächzte Hugin. „Sonst rennst du ihnen in die Arme!“

Einar schlug einen Haken. Hals über Kopf stürzte er in die nächste Gasse hinein. Er war verzweifelt. Die Soldaten jagten sicher nicht zum ersten Mal einen Flüchtling durch das Dorf. Sie kannten jeden Trick, jede Abkürzung.

„Jetzt kommen sie von allen Seiten, Menschlein!“, schnatterte Munin aufgeregt. „Ergib dich besser!“

Einar wurde vor Angst schwindelig. Was sollte er tun? Plötzlich packte ihn eine Hand an der Schulter. Mit einem Ruck wurde er nach hinten in einen Hauseingang gerissen. Schwarze Nacht umgab ihn. Er wollte schreien, aber eine zweite Hand presste sich auf seinen Mund. Er schlug um sich.

Jetzt erschien neben ihm das Gesicht eines Mädchens. „Pssst!“, herrschte sie Einar an. „Oder willst du Manabis Wachen unbedingt zu uns locken?“ Sie ließ seinen Mund los.

Stumm schüttelte Einar den Kopf. Sein Puls begann sich zu beruhigen. Die Stimme des Mädchens klang freundlich.

„Ich heiße Minea“, flüsterte sie.

„Warum hast du mir geholfen?“, fragte Einar. „Das ist doch sehr gefährlich!“

Minea nickte. „Das ist es! Aber ich liebe Abenteuer. Und außerdem wollte ich unbedingt wissen, warum du so eine komische Frisur hast. Alle Männer haben doch Glatzen! Oder ist das eine Perücke?“ Minea zog kräftig an Einars Haaren.

„Lass das!“, bat er. „Die sind echt. Ich stamme gar nicht aus Ägypten, sondern von weit her. Ich bin hier, um …“

Ein kräftiges Pochen unterbrach ihn.

„Aufmachen!“, polterte eine Stimme. „Oder wir treten die Tür ein!“

Der Großvater

„Beim Geliebten des Re, der jedes Fremdland niedertritt unter seinen Sohlen! Öffnet die Tür, sage ich!“

Minea legte den Zeigefinger an die Lippen. Vor der Tür fragte ein Mann unsicher: „Und wenn wirklich niemand da ist? Alle Einwohner sind doch beim Brunnen!“

„Rede keinen Unsinn, Soldat!“, fauchte eine andere Stimme zurück. Einar erkannte Manabi, den Anführer der Wachen. Dieser Mann würde sich nicht abwimmeln lassen.

Minea drückte Einar in einen Stuhl. „Ich habe eine Idee!“, zischte sie leise. „Ich komme gleich!“, rief sie in Richtung Eingang. Minea legte Einar ein großes Leinentuch um. Dann griff sie nach einem duftenden Stück Seife und rieb es so lange über Einars Kopf, bis sich dicker Schaum bildete.

Was hatte sie bloß vor? Als die Soldaten zum dritten Mal klopften, riss Minea die Tür auf. „Ich bin ja schon da!“, schimpfte sie den Männern entgegen. „Mehr als drei Sachen gleichzeitig zu tun, schafft nur der Beschützer Ägyptens!“

Einar bewunderte ihren Mut. Manabi trat durch die Tür. Von Nahem sah er noch Furcht einflößender aus. Vier Soldaten folgten ihm ins Haus. Zwei von ihnen eilten sofort über die Leiter ins Obergeschoss. Ein anderer öffnete die Fensterläden. Sonnenlicht strömte herein.

„Warum bist du nicht auf dem Platz des tiefen süßen Wassers wie die anderen?“, schnaubte der Anführer gereizt.

In Mineas Augen sah Einar nicht die kleinste Spur von Angst. „Wegen meines Großvaters“, antwortete sie keck. „Sein Geist ist nicht mehr ganz klar. Mein Bruder hat mir verboten, ihn jemals allein zu lassen. Und da ich noch zu jung bin, um hinter den Heiligen Berg zu gehen, kann ich doch sowieso nicht die gesuchte Diebin sein, oder?“

Zwei Soldaten nickten. Manabi warf ihnen

eisige Blicke zu. Sofort stürzten sie los, um den Rest des Raumes gründlich zu durchsuchen. Manabi trat dicht an den Stuhl heran, in dem Einar zusammengekauert saß.

„Ist das dein Großvater?“, fragte er brummig.

Einar biss sich auf die Lippe. Die Seife schmeckte nach Rosenblüten.

„Ja, weiser Herr!“, antwortete Minea und nahm ein Messer vom Küchenblock. „Ich war gerade dabei, ihn zu rasieren. Seit Jahren kann er nicht mehr vor die Tür treten! Seht, seine Haut ist weiß wie Stutenmilch.“

Einar fühlte, wie sich Manabis Blick geradewegs in ihn hineinbohrte. Der Blick ließ ihn erschaudern. Nur Mineas Berührungen, die ihm mit geübten Bewegungen die Haare vom Kopf schabte, beruhigten ihn etwas. Rund um den Stuhl segelten seine Locken zu Boden.

„Seine Augen sind hellwach!“, knurrte Manabi skeptisch.

„Das täuscht“, erwiderte Minea lässig. „Sobald er den Mund aufmacht, sind seine Worte unverständlich!“

Einar spürte Mineas Ellbogen an seinen

Rippen. Sicherlich war das eine versteckte Aufforderung, irgendetwas Komisches zu sagen. Nur was? Die Gedanken rasten durch seinen Kopf. Endlich fiel ihm etwas ein. Bombastisch fantastisch! Er sprach es so, als hätte er ein altes Brötchen im Mund. „Bombaftif fantaftif!"

Manabi schaute ihn fassungslos an. Mineas Selbstsicherheit war ungetrübt. „Seht Ihr, weiser Herr. Man kann ihn wirklich nicht allein lassen!"

In diesem Moment kamen die beiden Soldaten vom Dach zurück.

„Melde, oh großer Hauptmann der Wachen, wir haben nichts gefunden. Keinen Fremden und nicht das kleinste Stäubchen Gold!"

Manabi schickte sie mit strenger Geste hinaus. Kurz bevor er selbst das Haus verließ, drehte der Hauptmann sich noch einmal um.

„Hüte dich, mich anzulügen, kleine Ratte!", zischte er. „Wenn du weißt, wer der Dieb ist, so wäre es besser, du kommst schneller zu mir, als ein Tropfen Nilwasser verdampft!"

Zornig warf er die Tür hinter sich zu.

Verborgene Talente

Minea krümelte ein paar Samen in einen Becher Wasser und reichte ihn Einar. Das Getränk war kühl und schmeckte leicht süßlich. Auch Odin bekam eine Schale voll. Das lenkte ihn von dem seltsamen Anblick seines glatzköpfigen Herrchens ab.

„Aber was ist hier eigentlich los?“, wollte Einar wissen.

Minea seufzte. „Du bist in der Totenstadt. Die Wachen sorgen dafür, dass niemand außer den Einwohnern sie jemals betritt – und wir dürfen nicht hinaus. Seit dreihundert Jahren wohnen hier Generation für Generation die Arbeiter, die die Gräber für die Pharaonen ausschachten und schmücken. Drüben hinter dem Heiligen Berg, den wir das Horn nennen.“

Einar nickte. „Ah, du meinst das Tal der Könige?“

Minea zuckte mit den Schultern. „Nie gehört. Aber der Name passt. Mit den Königen werden unermessliche Reichtümer vergraben. Dann wird alles so zugeschüttet, dass sie niemand finden kann. Nur die Arbeiter kennen also die Lage. So sollen die Pharaonen vor Grabräubern sicher sein."

„Was für ein gewaltiger Irrtum!", krächzte es von draußen. Hugin und Munin staksten zur Tür herein.

Minea warf sich auf den Boden. „Gott Horus ist zu mir gekommen! In dieses unwerte Haus!"

Hugin räusperte sich. „Die Manieren des Menschleins lassen nichts zu wünschen übrig", krächzte er hochmütig. „Aber wie ein Falke sehe ich nun wirklich nicht aus. Raben sind doch, ohne Horus beleidigen zu wollen, viel hübschere Vögel!"

Zögerlich hob Minea wieder den Kopf.

Einar verkniff sich ein Lachen. „Das sind Hugin und Munin, meine beiden Freunde", erklärte er. „Sie reisen mit mir und haben mir schon in mancher Not geholfen!"

Minea stand auf. „Ach, so ist das! Willkommen in meinem Haus. Zu fressen kann ich euch leider nichts anbieten. Getreide und andere Lebensmittel teilt uns eigentlich der Wesir zu. Aber seit drei Tagen bekommen wir nichts mehr. Ein Grab ist geplündert worden!"

Hugin scharrte auf dem sandigen Fußboden. „Wie ich schon krächzte, ein gewaltiger Irrtum! Die ersten Pharaonen haben sich in den Pira... Püra..., na, in diesen großen eckigen Häusern begraben lassen. Aber die haben Grabräuber eher angelockt. Nun lassen sich die Könige hier in diesem kargen Tal beisetzen."

Minea nickte. „Auch der Vater unseres mächtigen Königs Ramses, Seti I., liegt hier begraben", fügte sie hinzu. „Nur Arbeiter aus der Stadt können die Räuber sein, glaubt Manabi. Aber wir waren es nicht!"

Einar nickte. „Und warum bist du nicht hinter dem Heiligen Berg?", wollte er wissen. „Kochst du hier für deine Eltern?"

Minea lächelte. „Nein! Ich bin froh und glücklich, dass meine Eltern schon tot sind!

Mein Bruder und ich haben sie vor zwei Jahren in das schöne Haus der Ewigkeit gelegt."

„Und du bist nicht traurig?", erkundigte sich Einar.

„Traurig? Nein, wieso? Am Tag ihres Todes haben wir genug geweint und geklagt. Jetzt sind sie an Amun-Res Seite!"

Seltsam, dachte Einar. Auch Harald bei den Wikingern hatte ihm ja stolz erzählt, dass sein Großvater in Walhalla sei, dem Ort für tote Krieger. Wie es wohl kam, dass die Menschen der Gegenwart ganz anders mit dem Tod umgingen?

„Mein Vater war einer der besten Maler Ägyptens!", unterbrach Minea die Stille. „Heute kommt er nachts oft vorbei und verspricht mir, dass ich eines Tages Tempelmalerin werde!"

Einar bemerkte, wie Mineas Augen glasig wurden.

„Als er noch lebte, hat mich mein Vater immer, wenn er ein Grab vollendet hatte, hinter den Heiligen Berg mitgenommen. Ich war jedes Mal völlig hingerissen. Mein Vater konnte einfach alles malen: Menschen, Tiere und natürlich unsere Götter! Jeden Abend habe ich auf ihn gewartet. Um mir die Wartezeit zu vertreiben, habe ich mit verbranntem Holz gemalt."

Gedankenverloren zog Minea ein verkohltes Holzscheit aus der Feuerstelle. Mit nur wenigen Strichen malte sie einen Mann mit Falkenkopf auf den Sandboden. Auf seinen Händen trug er eine Scheibe. Einar staunte. Es war der Sonnengott, den er im Internet gesehen hatte. „Bombastisch fantastisch", murmelte er. „Das ist Amun-Re!"

„Du … du hast ihn erkannt?“, fragte Minea zögernd.

„Da fragst du noch?“, platzte es aus Einar heraus. „Das sieht doch ein Maulwurf! Du hast ein wahnsinniges Talent!“

Minea lächelte glücklich. „Das hat mein Vater auch gesagt, damals in unserer letzten gemeinsamen Nacht. An dem Abend kam er nach Hause, aber er lächelte nicht. Er war verzweifelt! Ein hoher Beamter wünschte sich für seine Kammer das Bild seiner Lieblingskatze. Vater probierte und probierte, aber sie sah immer wie ein Schakal aus. Dann nahm er mich mit. Er bat mich um Rat! Noch ehe die Nacht gegangen war, hatte ich die Katze fertig gemalt. Ich lief nach Hause. Mein Vater wollte noch etwas ausbessern und meine Mutter mischte seine Farben. Danach wollten wir feiern. Aber ein Schreiber hatte die Dicke des Gesteins falsch berechnet. Das Grab stürzte ein. Meine Eltern kamen nicht zurück.“

Minea beugte sich vor und flüsterte ihm ins Ohr: „Seitdem habe ich diesen einen großen

Wunsch: eine Tempelmalerin zu werden, wie mein Vater!“

In Einars Kopf machte es Klick. Er sollte Odin also wieder helfen, einem Kind einen Herzenswunsch zu erfüllen. Nichts tat er lieber als das!

„Und was ist an der Sache so schwierig?“, fragte er nach. „Du bist doch unglaublich gut.“

Minea wurde rot. „Danke, dass du das sagst. Aber mein Bruder meint, diese Arbeit ist nichts für Frauen. Und ohne seine Einwilligung kann ich nirgendwo in die Lehre gehen.“

Einar merkte, wie er sauer wurde. „Aber so ein Talent darf man doch nicht verschwenden!“ Er sah die Raben an. „Was sagt ihr dazu?“

Hugin und Munin nickten zustimmend. „Außergewöhnlich gut!“, bestätigte Munin. „Ganz klar ein Falke, kein Rabe“, fügte Hugin hinzu.

Minea lächelte. Dann sah sie Einar lange und durchdringend an. „Du bist ein guter Mensch“, flüsterte sie. „Ich zeige dir jetzt etwas, das außer mir und Vater niemand kennt!“

Gefährliches Geheimnis

Zögernd öffnete Einar die Tür und sah hinaus. Nichts. Die Gasse war menschenleer. Hinter ihm drängte Minea ins Freie. Sie hatte sich eine ähnliche Tasche wie Einar umgeworfen.

„Wir brechen genau zur richtigen Zeit auf“, sagte sie zufrieden. „Ich habe eine Verabredung, wenn die Sonne am höchsten steht.“

Bis zum Mittag blieb ihnen noch eine gute Stunde Zeit, wie Einar schätzte. Sie würden viel zu früh kommen. In sechzig Minuten konnte man die Totenstadt mindestens zwanzigmal durchqueren.

„Dass du nicht wieder bellst, hörst du?“, ermahnte er Odin. Ein zweites Mal würden sie Manabis Wachen sicher nicht entkommen können.

Auf Zehenspitzen schlich Minea vor ihnen her. An jeder Kreuzung hielt sie an und schielte vorsichtig um die Ecke. Einar machte es ihr nach.

Doch schon nach wenigen Häuserblocks blieb Minea stehen. Mit einem Nicken deutete sie auf eine schiefe Tür.

„Los, rein da!“, zischte sie ungeduldig.

Erstaunt betrachtete Einar das halb verfallene Haus. Die Wände waren bröckelig, aus dem Putz stachen braune Ziegel. Einar drückte vorsichtig mit beiden Händen gegen die Tür. Staub rieselte herab. Es roch nach trockenem Holz und Mäusekot. Odin drückte sich an Einars Bein. Auch ihm war nicht wohl.

„Als ich zum ersten Mal hier war, habe ich mir auch fast ins Röckchen gemacht“, flüsterte Minea. Schnell schloss sie die Tür. Mit dem Arm machte sie eine ausladende Bewegung. „Willkommen in meinem Versteck!“

Einar sah sich um. Besonders begeistert war er nicht. Bis auf ein paar zersplitterte Bretter war der Raum leer. „Prima“, murmelte Einar ironisch. „Wieder eingesperrt!“ Sofort biss er sich auf die Lippe. Er wollte sich nicht über Mineas Geheimnis lustig machen. Wenn man sein ganzes Leben innerhalb von Stadtmauern verbringen musste, war ein verfallenes Versteck sicherlich kostbar wie ein Topf Gold.

Minea grinste vergnügt. „Genauso belämmert muss ich auch ausgesehen haben, als mein Vater mich hierher gebracht hat!“

Einar staunte. „Dein Vater hat dir das Haus gezeigt?“

Minea nickte. Sie begann, eine verwitterte Treppe in die Tiefe zu steigen. „Wir sind nicht eingesperrt. Komm mit!“

Schnell nahm Einar Odin auf den Arm und folgte ihr. „Warte, Minea!“, rief er. Die Wände des Treppenschachts schluckten den Schall. Es wurde dunkel. Einmal trat Einar ins Leere und stolperte, fing sich aber gleich wieder. Schließlich ging es nicht mehr weiter.

Minea raunte ihnen aus einer Ecke des Kellers etwas zu.

„Hier bin ich. Brich dir nicht die Beine. Der Fußboden ist an manchen Stellen … ziemlich … uneben!“

„Hat jedes Haus einen Keller?“, fragte Einar verwundert.

„Nein", antwortete Minea dumpf. „Nur die ältesten. Aber den Grund dafür nenne ich dir lieber nicht. Wir sind sowieso gleich draußen."

„Zurück auf der Gasse?" Einar seufzte.

„Nein!", antwortete sie. „Hast du dich nicht gefragt, wie mein Vater und ich nachts zu den Gräbern kommen konnten? Von diesem Keller aus führt der einzige Weg ins Freie!"

Als ihm die Bedeutung von Mineas Worten klar wurde, zog sich Einars Magen zusammen. Sie waren mitten in einem Geheimgang! „Aber ... das ist doch viel zu gefährlich", stammelte er.

Etwas klackte. Sand rieselte. Es wurde hell. Minea hockte auf dem Boden des Gangs, mitten in einem Sandhaufen. Vor ihr lagen zwei breite Bretter.

„Dann bleib eben hier", sagte sie. Ehe Einar antworten konnte, war sie ins Freie gekrabbelt.

Seufzend warf Einar einen letzten Blick zurück. Sein Herz krampfte sich zusammen. Überall wimmelte es von Ratten. In einer Nische im Fußboden lag ein zusammengekauertes Skelett. Mit einem Satz war er bei seiner

Freundin. Der Gang endete nur wenige Meter von der Stadtmauer entfernt.

Minea begann das Loch im sandigen Boden gründlich zuzuschütten. Nur ein dürrer Zweig markierte noch den Einstieg in den Keller.

Jetzt liefen sie dem Nil entgegen. Trotz des heißen Sands kamen sie erstaunlich schnell voran. Einar drehte sich um. Das Dorf lag schon weit hinter ihnen. Niemand schien ihre Flucht bemerkt zu haben. Ihre Fußspuren würde bald der leichte Wind verwischen.

Am Ufer des Nils angekommen, teilte Minea die Binsen mit ihren Armen. Im Dickicht des Schilfs lag ein Boot. Es bestand vollkommen aus Papyrus. Heck und Bug waren weit nach oben gebogen. Es sah aus wie eine überdimensionale Banane.

Minea löste die Leine und schob es rasch ins Wasser.

Schnell hob Einar Odin ins Boot und packte mit an. Als ihnen das Wasser schon bis zur Hüfte stand, zogen sie sich an Bord. Minea griff zu einer langen Stange und begann, das Boot vorwärts zu staken. Mit Schrecken musste Einar an die Krokodile denken, die hier lebten.

„Du brauchst keine Angst zu haben, Einar!“, versuchte Minea, ihn zu beruhigen. „Ich fahre diese Strecke jede Woche!“

Plötzlich ging ein Ruck durch das Boot. Es stand quer zur Strömung! Minea stemmte sich mit aller Kraft gegen den Stab.

„Hier ist die Nilströmung immer am stärksten“, presste sie hervor. „Normalerweise … schaffe ich … die! Aber … sonst bin ich ja auch … allein im Boot!“

In diesem Moment brach Mineas Stecken. Sie stieß einen überraschten Schrei aus. Wild ruderte sie mit den Armen in der Luft. An ihrer linken Hand hatte das splitternde Holz eine Wunde gerissen. Blut tropfte ins Wasser.

Sofort riss die Strömung das Boot herum. Mit rasendem Herzen schielte Einar über den Bootsrand.

Sechs lange grüne Leiber kamen auf das taumelnde Boot zu.

Ein alter Bekannter

Mit schnellen Schwanzschlägen näherten sich die Krokodile. Einar ging ein Film über Haie durch den Kopf. Wenige Tropfen Blut reichten aus, um sie in einen wahren Fressrausch zu versetzen. Verhielten sich Krokodile ähnlich?

Die Strömung riss sie nun erbarmungslos mit sich. Wie ein Blatt trieb das Boot vorwärts. Trotzdem kamen die Krokodile immer näher. Minea kauerte im Rumpf. Mit ihrer unverletzten Hand streichelte sie über Odins Fell.

Die Fischer in den Segelschiffen bemerkten ihre Not nicht.

„Hilfe!“, rief Einar. „Hilfe!“

In einem waghalsigen Manöver gelang es Munin, auf dem schlingernden Papyrusbug zu landen. Vorsichtig wackelte er zu dem Seil, mit dem Minea das Boot festgebunden hatte.

„Ich hab’s!“, krächzte er. Mit kräftigen Flügelschlägen hob er ab. Hugin kam seinem Bruder zu Hilfe. Mit seinen Krallen umklammerte er den Strick und zog.

Einar schnappte sich den abgebrochenen Stock. Wütend schlug er damit auf das Wasser ein. Die Krokodile blieben in sicherer Entfernung. Doch sie folgten ihnen weiterhin.

Ungeduldig tauchte Einar den Stock in den Nil. Er spürte, wie die Spitze den Grund berührte. So fest er konnte, stieß er sich ab. Das Boot drehte sich ein Stück. Der Bug zeigte nun wieder zum Ufer. Vor ihm bemühten sich die Raben nach Leibeskräften. Wieder stach er in den Schlamm.

„Weiter!“, rief er. „Weiter!“

Kurz darauf erreichten sie das rettende Ufer! Die Krokodile drehten ab. Erschöpft ließ sich Einar neben Odin fallen.

„Sieh da, was das Menschlein doch für Kraft hat!“, krächzte Hugin. Einar war richtig froh, seinen geflügelten Freund wieder spotten zu hören.

Minea drückte ihm einen Kuss auf die Wange. „Danke“, sagte sie matt. „Jetzt komme ich doch noch pünktlich zu meiner Verabredung!“

Einar lachte. „Verlierst du deine gute Laune eigentlich nie?“, fragte er.

Minea lachte auch. „Nie!“, antwortete sie. „Und jetzt komm! Wir sind da!“

Hugin klapperte mit dem Schnabel. „Ich hoffe, du kannst die nächste Zeit selbst auf dich aufpassen, Menschlein“, frotzelte er. „Wir

müssen uns nämlich mit ein paar Ähren belohnen. Der ägyptische Weizen soll ja der beste sein!“ Krächzend erhoben sich die beiden Raben in die Luft.

„Danke!“, rief ihnen Einar nach.

Doch als er über den Rand des Boots hinaussah, erschrak Einar. Minea ging direkt auf den Tempel zu, dessen unfreundliche Wachen er schon kennengelernt hatte.

Mit einem Satz war Einar an Land. „Sag mir doch endlich, wen du treffen musst!“, fragte er aufgebracht.

Minea lächelte und schwieg. Odin auf ihrem Arm ließ sich genießerisch von ihr kraulen. Einar seufzte. Laute Gesänge klangen zu ihnen herüber. Dutzende Stimmen wiederholten die Worte eines Vorbeters. Dumpf ertönte eine Art Gong.

Ein Stück weiter waren Arbeiter dabei, eine prachtvolle neue Mauer zu errichten. Staunend registrierte Einar, dass sie ähnliche Werkzeuge benutzten wie Handwerker auf einer Baustelle der Gegenwart: Hammer, Meißel, Fall-Lot und Steinsägen. Neben ihnen im Schatten hockte ein Schreiber und notierte jeden Arbeitsfortschritt. Am Anfang der Wand begannen Zeichner bereits damit, die Umrisse von Göttern auf den Putz zu übertragen. Einar wollte Minea darauf aufmerksam machen, aber sie drehte absichtlich den Kopf weg.

Vor einer Statue eines Menschen mit einem Vogelkopf blieb Minea endlich stehen. „Du bist zu ungeduldig, Einar“, sagte sie lächelnd. „Warum erzürnst du Thot mit deinem Geschrei?“

Einar wollte sich gerade verteidigen, als er stockte. Den Satz hatte er doch schon einmal gehört? Ziemlich genau an dieser Stelle. „Du meinst Amun-Re?“, vergewisserte er sich.

Minea schüttelte den Kopf. „Nein, ich meine Thot. Du erkennst ihn an seinem Ibiskopf. Er ist der Gott der Wissenschaft und Weisheit. Er war es, der den Menschen die Schrift gebracht hat. Und hier ist auch mein Treffpunkt!“

Neugierig betrachtete Einar den Weg zum Tempel. Die Pflastersteine waren so dicht gelegt, dass kein Blatt Papier in die Fugen gepasst hätte. Plötzlich zuckte er zusammen.

Über den Weg kam ein Mann in einem bodenlangen Gewand auf sie zu. Über seinen Schultern lag ein Leopardenfell. In der rechten Hand hielt er einen verzierten Stab. Es war der Priester, der ihn aus dem Tempel gewiesen hatte!

„Schnell, Minea!“, zischte er. „Wir müssen verschwinden!“

Unterricht im Tempel

Schnell versteckte sich Einar hinter der Thot-Statue. Da geschah das Unglaubliche: Minea fiel dem Priester um den Hals!

„Ich hoffe, ich bin nicht zu spät!“, hörte Einar sie sagen. „Aber ich habe einen Freund mitgebracht. Er ist manchmal etwas … ängstlich!“

Einar spürte, wie sie nach ihm tastete. Als sie seine Schulter gefunden hatte, zog sie ihn aus seinem Versteck. Einar stand dem Priester gegenüber. Wieder war er fasziniert von den durchdringenden Augen des Mannes. Er schien nicht erstaunt, Einar wiederzusehen.

„Er ist auch mein Freund“, sagte der Priester lächelnd. „Wissbegierige Menschen sind mir immer willkommen!“

Er wandte sich um und ging den Weg zum Tempel zurück. Einar steckte Odin in seine

Tasche und folgte ihm. Minea starrte Einar fragend an.

„Wir sind uns bereits begegnet“, erklärte er. „Ich habe von ihm gelernt, dass nur Priester den Tempel betreten dürfen!“

Mineas Miene hellte sich auf. „Ja, Useramun ist ein guter Lehrer. Und ein guter Zuhörer. Wir haben uns in der Nacht des Begräbnisses meiner Eltern kennengelernt.“

Der Priester lächelte. „Sie hat mir keine Möglichkeit gegeben zu reden. Wie der Nil bei Hochwasser sprudelten die Worte aus ihrem Mund. Vor allem erzählte sie von ihrem Wunsch, eine Malerin zu werden wie ihr Vater!“

Der Priester verließ den gepflasterten Weg und ging auf ein paar Hütten zu, die außerhalb der Tempelmauer standen.

„Useramun?“, traute sich Einar zu fragen. „Das klingt schön. Bedeutet das etwas?“

Der Priester nickte. „Stark ist Amun, heißt es.“

„Wie ein Pharao hat er bei der Aufnahme in die Priesterschaft einen neuen Namen bekommen“, fügte Minea hinzu.

Der Priester legte zwei Finger auf ihren Mund. „Schweig jetzt! Meine Hütte darf auch von ungeweihten Menschen betreten werden, aber der Oberpriester sieht es nicht so gerne. Er muss euren Besuch nicht unbedingt bemerken!“

Useramun öffnete die Tür. „Bereite alles vor, Minea. Ich bin gleich bei euch!“ Lautlos verschwand er zwischen den Hütten.

Einar trat ein und sah sich um. Neugierig reckte auch Odin seinen Kopf aus der Tasche. An einer Wand lag eine dicke Matratze, Stroh in einer Leinenhülle. Daneben standen eine Schale mit Datteln und ein Krug Wasser. In einer kleinen Kiste steckten Papyrusrollen. Zwei Bastmatten lagen auf dem Boden, ansonsten war der Raum leer.

Minea hockte sich auf eine der Matten. Einar setzte sich im Schneidersitz neben sie. Aus den Tiefen ihrer Tasche kramte Minea ein seltsames Brett hervor. Es war etwa doppelt so lang wie breit, in zwei Mulden klebten eine rote und eine schwarze Masse. Mit geübten Handgriffen träufelte Minea etwas Wasser darüber und verrührte es mit einem angespitzten Binsenstängel. Dickflüssige Farbe entstand.

„Was guckst du so?", fragte Minea überrascht. „Hast du noch nie das Werkzeug eines Schreibers gesehen?"

Ehrlich schüttelte Einar den Kopf.

„Das muss ein komischer Ort sein, wo du herkommst!", murmelte sie. „Also gut, ich erkläre es dir. Schreiber ist der angesehendste Beruf in Ägypten. Alles muss schließlich aufgeschrieben werden: Verträge, Kornrationen, Tributzahlungen der

unterworfenen Länder, Erntemengen, und und und. Dafür benutzen die Schreiber die Schriftsprache. Mit der lässt sich alles schneller und genauer notieren."

Minea tauchte die angespitzte Binse in die schwarze Farbe. Während ihre Hand über ein Stück Papyrus flog, entstanden darauf längliche Buchstaben. Fast wie unsere Schreibschrift, dachte Einar – nur, dass Minea von rechts nach links schrieb.

„Um das zu lernen, habe ich nicht mehr als zwei Monate gebraucht", erläuterte Minea stolz. „Aber für die Schrift der Gottesworte benötige ich fünf Jahre. Wenn ich fleißig bin!"

Als Einar wieder aufsah, stand Useramun vor ihm. Er gab ihm eine Schreibpalette und Papyrus. Das dünne Material aus verklebten Papyrusstreifen war ein Vorläufer des Papiers, wusste er. Davon stammte ja auch das Wort Papier ab!

Der Priester hockte sich vor Minea und öffnete ihre Hand. Mit zwei Fingern drückte er einen Kräu-

terbrei auf die Wunde, die das zersplitterte Ruder gerissen hatte, und wickelte einen Streifen Leinen darum. Dann begann der Unterricht.

„Waw“, sagte Useramun. Mit ein paar Schwüngen zauberte er ein Küken auf seinen Papyrus. Minea machte es ihm geschickt nach. Einar gab sich alle Mühe. Aber das Küken sah wie ein geschwollener Gockel aus.

„Aleph!“ Wieder ein Vogel. Diesmal ein Geier.

Einar malte einen Storch mit geknicktem Bein. Nachdem er auch noch ein windschiefes Haus hingekritzelt hatte, gab er auf. Minea aber zeichnete mit erstaunlicher Geschwindigkeit alles nach, was der Priester ihr vormachte: Eine Kobra, ein Bein, einen ausgestreckten Arm, gekräuseltes Wasser, einen Unterstand, gefalteten Stoff, Augen und Köpfe.

Bald verstand Einar. Die Hieroglyphen konnten einzelne Laute darstellen, aber auch mehrere. Manche standen für ganze Wörter, andere konnten mehrere Bedeutungen haben. Eine gemalte Sonne konnte Sonne, aber auch Tag bedeuten.

Einar schwirrte noch der Kopf, als er hinter Minea wieder aus dem Boot stieg und in Richtung Totenstadt lief. Plötzlich gefror das Lachen seiner Freundin zu Eis. Der dürre Stab, der den geheimen Eingang markierte, steckte schief im Sand. Besorgt sah Einar sie an.

„Welches Tier hat sich daran gerieben?“, murmelte Minea. „Hoffentlich kein Löwe! Ab und zu verirren sie sich noch ins Tal und reißen die Ziegen der Bauern!“

Hastig schaufelte sie mit beiden Händen den Sand zur Seite.

Als sie den Tunnel freigebuddelt hatten, erkannte Einar, dass ein viel schlimmeres Raubtier sie aufgespürt hatte: Im Geheimgang stand Manabi mit seinen Soldaten.

„Die Grabräuber sind zurück!“, keifte er. „Schnappt sie euch!“

Das Haus des Todes

Ohne nachzudenken, schleuderte Einar Manabi eine Handvoll Sand in die Augen. Dann rannte er los.

„Das war mutig!“, keuchte Minea. „Und ich habe geglaubt, du wärst ein Angsthase!“

Wenn du wüsstest!, dachte Einar. Sein Herz klopfte wie eine kaputte Dampfmaschine. Er hörte, wie sich die Soldaten fluchend aus dem Gang herauskämpften. Dann surrten Pfeile durch die Luft. Doch ihr Vorsprung war schon zu groß. Erleichtert sah Einar, dass auch Odin unverletzt war.

Als sie die Felder erreichten, bog Minea nach rechts ab.

„Ich weiß, wo wir uns verstecken können“, japste sie. Sie rannte auf eine Mauer zu, die ein großes Gebäude umgab.

Auf der Mauer saßen die Raben. Mit den

Schnäbeln deuteten sie auf einen Eingang. Als ein Junge mit einer Steinschleuder erschien, schwangen sie sich in die Luft.

„Das ist das Haus des Todes“, presste Minea hevor. „Aber uns bleibt keine Wahl!“

Einar zuckte zusammen. Das hörte sich nicht gerade gut an! „Schnell! Lauf hinter Hugin und Munin her“, flüsterte Einar seinem Odin ins Ohr. „Sie werden auf dich aufpassen, bis wir in Sicherheit sind!“

Als sie das Tor erreichten, kreuzten die Wachen ihre Speere.

„Der Oberpriester hat uns bestellt!“, keuchte Minea. „Wir sollen heute die Raubvögel und Katzen verjagen!“

Die Wachen traten zur Seite. Einar warf den Kopf herum. Die Soldaten von Manabi waren noch nicht zu sehen.

Mit gespielter Ruhe trat Einar in einen hohen Raum. Männer in weißen Kleidern saßen an hölzernen Tischen und beschrieben endlose Papyrusrollen. Überall an den Wänden lehnten Statuen von Göttern. Einar erkannte Thot, den Ibis, und Amun-Re.

„Wo sind wir hier?“, fragte er mit zitternder Stimme.

„Das habe ich doch gesagt“, flüsterte Minea. „Hierher bringen wir unsere Toten. Innerhalb von siebzig Tagen verwandeln die Priester sie in Mumien!“

Bestialischer Gestank von verwesendem Fleisch kroch Einar in die Nase. Ihm wurde übel. Ein Tumult am Eingang lenkte ihn aber schnell ab. Manabis Soldaten waren offensichtlich eingetroffen!

Einar hielt die Luft an. Schnell schlug er einen Vorhang zur Seite, der in einen Nebenraum führte. Nach wenigen Schritten stolperte er über eine Holzkiste.

Einar merkte, wie sich die feinen Härchen auf seinen Armen aufrichteten. Die Kiste war ein Sarg! Und daneben standen noch viele weitere in einer langen Reihe!

Auf einem Steintisch lag ein nackter Mann. Die Priester waren dabei, ihm durch eine Öffnung im Bauch die inneren Organe zu entnehmen.

Schnell drehte sich Einar weg. Hoffentlich

fand Minea bald den Ausgang! Auf Dutzenden von Tischen lagen Menschen in unterschiedlichen Stadien der Mumifizierung. Priester salbten sie, füllten ihre Körper mit Stoffsäckchen, wendeten sie in einem salzartigen Pulver.

Auf der anderen Seite des ummauerten Areals waren Männer dabei, Mumien in kilometerlange Stoffbahnen zu wickeln. Ihr Anblick war weniger schockierend – aber Leichen blieben es doch.

„Da, ein Versteck!“ Minea zeigte auf zwei leere Tische. Ehe Einar protestieren konnte, ging Minea auf einen von ihnen zu. Sie wollte doch nicht …?

„Jetzt!“, flüsterte Minea. Rasch warf sie sich ein Leinentuch um und kroch auf einen der Tische. Sie war von den anderen Mumien nicht mehr zu unterscheiden. Einar hatte keine Wahl. Er kletterte auf den freien Arbeitsplatz neben ihr und deckte sich ebenfalls zu. Er versuchte sich einzureden, dass er in seinem Bett in Norwegen lag. Der Gedanke beruhigte ihn etwas. Doch dann hörte er Stimmen.

„Grabräuber, sagt Ihr?“, knurrte ein Mann missmutig.

Eine andere Stimme antwortete – Manabi! „Grabräuber, richtig! Sie müssen hier sein!“

Vorsichtig schielte Einar unter seinem Tuch hervor. Manabi stand bei einem Priester mit Schakalmaske.

„Dann seht euch um“, sagte der Priester knapp. „Aber wagt es nicht, die Toten anzufassen!“

Zitternd ließ Einar den Stoff wieder über sein Gesicht gleiten. Zusätzlich kniff er die Augen fest zusammen.

„Verflucht!“, brüllte Manabi. Ein

Tongefäß fiel zu Boden und zerplatzte. „Sie sind uns entkommen!“

„Verlasst sofort diese heilige Stätte!“, schnauzte ihn der Priester mit scharfer Stimme an. „Ihr seid nicht besser als die räudigen Hunde, die uns um das faule Fleisch anwinseln!“

Knirschende Schritte entfernten sich.

Einar schnaufte durch. Manabi waren sie los, aber wie sollten sie bloß von diesen Tischen wieder herunterkommen?

Ein furchtbarer Verdacht

Ein bekanntes Krächzen riss Einar aus seinen Gedanken. Schon Sekunden später dämmerte ihm, was die Raben beabsichtigten. Hugin und Munin wollten sie retten!

Mit einem Ruck riss sich Einar das Tuch vom Körper. Die Priester starrten tatsächlich alle in den Himmel. Einige von ihnen schleuderten Steine nach den Vögeln.

„Komm schon!“, tönte es hinter ihm. „Hier lang!“

Stolpernd folgte Einar Minea durch einen Seiteneingang nach draußen. Odin sprang in seine ausgebreiteten Arme. Einar vergrub sein Gesicht in dem wuscheligen Fell. „Sei froh, dass du draußen bleiben durftest“, murmelte er. „Ich werde sicher noch Wochen von diesem gruseligen Ort träumen!“

Minea räusperte sich. „Ich habe eine Idee,

wo wir uns vor den Soldaten verstecken können." Sie kicherte.

Gespannt lief Einar neben ihr her. „Wo? Verrat's mir doch!"

Minea ging weiter, als hätte sie ihn gar nicht gehört. Vor zwei sitzenden Steinriesen blieb Minea stehen. Sie flankierten den Weg, der zu einem Tempel führte.

„Ich bin schon einmal auf Amenophis' Schoß geklettert", sagte sie.

Fassungslos starrte Einar an der Statue empor. Sie hatte die Höhe eines dreistöckigen Hauses – mindestens!

„Da bringen mich keine zehn Krokodile hoch!", protestierte er. „Außerdem sind hier überall Pilger. Wenn die sehen, wie wir auf dem Pharao herumturnen, sind wir geliefert!"

Minea lachte schallend. „Bist ja doch ein Angsthase, Einar!", antwortete sie. „Wenn wir erst mal oben sind, entdeckt uns niemand. Vor Amenophis beugt jeder sein Haupt. Wir müssen nur den richtigen Zeitpunkt abpassen." Minea sah sich um. „Und der ist jetzt!"

Schon sprang sie auf den Fuß des Riesen.

Mit kräftigen Zügen kletterte sie am Schienbein hinauf. Augenzwinkernd schaute sie zu Einar hinunter.

„Los! Da vorne kommen Leute!“

Einar blieb keine Wahl. Schnell setzte er Odin wieder in seine Tasche. Wenigstens der Hund sollte keinen Schaden nehmen. Schlimm genug, dass sein Herrchen sich auf so eine gefährliche Klettertour einließ.

Einars nackte Füße fanden gut Halt. Erstaunlich schnell war er am Knie der Figur angekommen. Erschöpft rollte sich Einar auf die waagerechten Oberschenkel der Götterstatue. Nach einer kurzen Verschnaufpause schielte er vorsichtig in die Tiefe. Ihn schauderte. Das waren bestimmt zehn Meter! Doch das Versteck war perfekt ausgewählt. Wenn sie sich flach in den Schoß des Pharaos legten, waren sie von der Straße aus nicht zu sehen.

Minea streckte sich aus und verschränkte die Hände hinter dem Kopf. Einar legte sich neben sie und blickte in den Himmel. Über ihnen wanderte die Sonne langsam zum Horizont. Einar zermarterte sich das Hirn. Wie sollten sie nur beweisen, dass sie keine Grabräuber waren? Minea konnte schließlich nicht für immer vor den Soldaten fliehen. Er hoffte, dass wenigstens die Einwohner des Dorfes wieder Essen bekamen. Jetzt, da die angeblichen Diebe ja bekannt waren.

Dann tauchten die Toten wieder vor seinen Augen auf. „Eine Sache geht mir nicht aus dem Kopf“, sagte er zögernd. „Im Haus des Todes. Die Priester haben einem toten Mann die Organe herausgenommen. Ist das nicht Leichenschändung?“

Minea sah ihn belustigt an. „Wie kommst du denn da drauf? Leber, Lunge, Magen und Darm werden in Kanopen gelegt. Das sind Krüge aus Stein oder Ton. Sie kommen mit ins Grab!“

Einar durchzuckte es. „Tonkrüge? So was wie das hier?“ Behutsam holte er das Gefäß aus seinem Rucksack.

Minea betrachtete es kritisch von allen Seiten. „Ja“, bestätigte sie schließlich. „So ungefähr sehen die Kanopen aus. Nur ein bisschen schöner bemalt!“ Sie seufzte.

Ungewollt hatte Einar sie wohl wieder an ihren Wunsch erinnert. „Kann denn Useramun nicht dafür sorgen, dass du Tempelmalerin wirst?“, fragte er vorsichtig.

Traurig schüttelte Minea den Kopf. „Er kann mich nur ausbilden. Mir die Schrift der Gottesworte beibringen. Aber um eine Frau zum Tempelmaler zu machen, benötigt man die Einwilligung des Wesirs. Und die müsste mein Bruder beantragen.“

Die Dunkelheit brach ganz plötzlich herein. Einar wunderte sich über die Kälte.

Ein Zischen riss ihn aus seinen Gedanken.

„Hey, Manabi! Seid Ihr das?“

Instinktiv zog Einar sein Bein zurück.

„Nein“, antwortete eine andere Stimme. „Noch muss Manabi die Auspeitschung der Bewohner der Totenstadt beaufsichtigen. Sie sollen ihm verraten, wo die kleine Kröte das Gold versteckt hat!“

Die erste Stimme lachte hämisch. Einar beugte sich über den Rand der Figur. Es durchzuckte ihn wie ein Blitz. Der Mann war ein Priester!

„Aber er will Euch treffen, heiliger Mann.“

„Wann? Wo?“, zischte der Priester.

Einar biss sich auf die Lippe.

„Steht alles auf diesem Papyrus!“

Es raschelte. Einar sah, wie der Soldat dem Priester eine kleine Rolle übergab. Dann verbeugte er sich und verschwand in der Dunkelheit.

Der Priester las. Dann zerknüllte er den Papyrus und warf ihn hinter sich. Richtung Nil lief er davon.

Fiese Machenschaften

Ein lautes Bellen zeigte an, dass Odin fündig geworden war.

Vor ihm lag die Nachricht, die der Priester achtlos hinter sich geworfen hatte. Vorsichtig strich Minea die Botschaft glatt. Ungläubig schüttelte sie den Kopf. „Manabi und er treffen sich heute in der Mitte der Nacht im Tempel.“

Einar seufzte. Tempel gab es hier zuhauf! „Wir können unmöglich alle abklappern“, sagte er verzagt.

Minea hielt ihm das Blatt unter die Nase. „Wenn die Menschen vom Tempel reden, ist immer der wichtigste gemeint: Der Heilige Bezirk bei Karnak!“

Erst mit Verzögerung begriff Einar. „Aber außer den Priestern darf ihn niemand betreten“, antwortete er.

Minea stand auf. Hastig stopfte sie den

Papyrus in die Umhängetasche. „Genau deshalb haben sie ihn ausgesucht. Sie müssen sehr geheime Sachen zu besprechen haben!" Sie rannten zum Nilufer. Im Licht des Vollmonds fanden sie ihr Boot sofort wieder.

Eine Stunde später hockten sie in Useramuns Hütte. Flüsternd berichtete Minea, dass man sie verdächtigte, Grabräuber zu sein. Von dem Treffen im Tempel sagte sie nichts.

„Ihr seid unschuldig?", erkundigte sich der Priester. Beide nickten.

„Dann mache ich eine Ausnahme", entschloss sich Useramun. „Unschuldig Verfolgte muss Amun-Re beschützen. Aber nun schlaft! Sicher wird uns Amun-Re in der Nacht die Lösung für euer Problem bescheren!"

Mit klopfendem Herzen streckte sich Einar auf der Bastmatte aus. Schon bald hörte er Useramuns gleichmäßige Atemzüge.

„Komm", flüsterte Minea. „Es ist so weit!" Leise verließen sie die Hütte. Nicht einmal Odin wachte auf.

Draußen war es gespenstisch ruhig. Nur in der Ferne marschierte eine Patrouille vorbei.

Durch ein Tor drängte Minea Einar in das Innere des Tempels. Sie fasste ihn am Arm. „Der Heilige Bezirk wurde vor über tausend Jahren erbaut“, flüsterte sie. „Aber Ramses und sein Vater Seti haben sein Aussehen in den letzten fünfzig Jahren gehörig verändert. Die mächtige, von Säulen getragene Halle ist ihr Werk!“

Staunend betrachtete Einar die Säulen. Jetzt im Mondschein sahen sie noch beeindruckender aus. Als hätte ein Riese seine Spielsteine ordentlich auf ein Tablett gestellt. Der Bezirk war riesig.

„Wir müssen uns trennen und hoffen, dass uns Manabi zufällig über den Weg läuft!“, schlug Einar vor.

Minea holte die Nachricht aus der Tasche. Mit kritischem Blick prüfte sie den Papyrus. Plötzlich drehte sie ihn um.

„Na, wer sagt’s denn!“, jubelte sie. Verschreckt über ihre eigene Lautstärke senkte sie ihre Stimme. „Hier ist ein Zeichen, das ich nicht kenne.“

Sie hielt es Einar unter die Nase. Verblüfft

erkannte Einar, dass es ein Küken war. Genauso eins, wie er am Mittag zu malen versucht hatte. Aber … dieses Küken hatte drei Beine! „Könnte von mir sein“, stammelte er gequält.

„Ist es aber nicht“, antwortete Minea lachend. „Einmal hat sich Useramun über eine der neuen Säulen aufgeregt. Die Schrift der Gottesworte würde einen Fehler aufweisen, der eine Schande für alle Schreiber sei!“

Einar klatschte vor Begeisterung in die Hände. „Bombastisch fantastisch, Minea! Du hast die Lösung. Eine der neuen Säulen muss der Treffpunkt sein!“

Aufgeregt schlichen Einar und Minea tiefer in den Tempel hinein. Es war totenstill.

Plötzlich stieß Minea Einar den Ellbogen in die Seite. „Da!“, flüsterte sie. „Da ist die komische Wachtel!“

In etwa fünf Metern Höhe war ein Küken in den Stein gemeißelt. Zwei seiner Beine waren wie der Rest des Vogels mit roter Farbe angemalt. Das dritte Bein stand hinten vom Körper ab. Da es nicht bemalt war, konnte man es auf den ersten Blick leicht übersehen.

Da ertönte ein leises Schlurfen. Jemand näherte sich. Blitzschnell zog Minea Einar hinter eine Nachbarsäule.

Einar merkte, wie sich sein Pulsschlag beschleunigte. Von der anderen Seite erklangen nun festere Schritte.

„Manabi“, zischte eine Stimme ins Dunkle. „Wie schön, Euch doch noch persönlich zu sprechen!“

Einar erkannte den Priester wieder, den er von Amenophis’ Schoß aus beobachtet hatte.

„Spart Euch Euren Spott“, knurrte der Hauptmann zurück. „Lasst uns lieber über das Geschäft reden!“

Trotz des fahlen Lichts sah Einar Manabis Zähne aufblitzen. „Seit sieben Tagen ruht die Arbeit, Eure Heiligkeit!“, berichtete er. „Und heute haben meine Männer rein zufällig einen gestohlenen Ring in einem Krug gefunden. Natürlich mitten im Dorf!“

Der Priester lachte. „Na, na, wer wird denn so schlimme Dinge tun?“

Manabi stimmte ein. „Aber es kommt noch besser: Eine Schuldige haben wir auch schon!

Eine kleine Kröte, die einen Geheimgang nach draußen kennt. Wir haben also allen Grund, die Arbeiter morgen wieder zu Hause zu lassen. Meine Peitsche wird ihrem Bruder ein bisschen Anstand beibringen!"

Der Priester rieb sich wieder die Hände. „Und unsere lieben Freunde haben Zeit, ihr Werk im Tal zu vollenden. Was soll Seti auch mit all dem Gold? Er ist doch schon so lange tot!"

Manabi spuckte aus. „Man sollte nicht meinen, dass Ihr ein Priester seid."

Der Mann verzog das Gesicht. „Geht, Manabi! Morgen gibt es viele Schätze zu tragen!" Ohne Abschied trennten sich die Männer.

Schockiert rutschte Minea an der Säule hinab. „Ich kann es nicht glauben", murmelte sie fassungslos. „Meinetwegen schlagen sie meinen Bruder … Und sie wollen das Grab von Ramses' Vater plündern!"

Eine große Ehre

Minea kauerte am Fuß der hohen Säule. Dicke Tränen liefen ihr über das Gesicht. „So eine Gemeinheit!“, schniefte sie. „Dieser Sohn einer Ratte lässt uns hungern und auspeitschen, damit er in Ruhe Setis Grab plündern kann!“

Einar nahm sie tröstend in den Arm.

„Sollen wir jetzt meinen Bruder retten oder die Plünderung des Grabs verhindern?“, murmelte Minea abwesend.

Einar zuckte die Schultern. Er wusste keine Antwort. Dann fielen ihm Useramuns Worte wieder ein. „Sicher wird uns Amun-Re in der Nacht die Lösung für unser Problem bescheren! Bis zum Morgengrauen wird sowieso nichts mehr passieren. Weder im Dorf noch am Heiligen Berg!“

Schweigend kehrten sie in Useramuns Hütte zurück.

Lautlos legte sich Einar auf seine Matte, doch der Schlaf blieb aus. Er fror, die Muskeln schmerzten ihn, Mumien und Krokodile jagten durch seinen Kopf.

Er schreckte auf, als er eine Hand auf seiner Brust bemerkte. Im ersten Sonnenlicht erkannte er Useramun. War er doch noch eingeschlafen? Minea lag zusammengekauert neben ihm und schnarchte leise.

„Amun-Re hat mich im Schlaf besucht", flüsterte der Priester. „Er hat mir gesagt, ich solle dich mitnehmen. Zum Allerheiligsten in das Sanktuar!"

Einar schüttelte sich. Er war so müde, dass die Worte des Priesters kaum zu ihm durchdrangen. Doch als Useramun ihm die Hand entgegenstreckte, griff er zu.

Mit einer Verbeugung erlaubten ihnen die Wachen, die äußere Tempelmauer zu passieren. Einar wunderte sich. Der Priester steuerte nicht direkt auf den Tempel des Amun-Re zu. Sie hielten an einem riesigen Wasserbecken an. Zahllose andere Priester standen darin und wuschen sich.

„Das ist der Heilige See", erklärte Useramun. „Nur wer in ihm gebadet hat, darf das Sanktuar betreten!"

Zögerlich streifte Einar seinen Rock ab. Langsam glitt er ins Wasser. Der See war kühl. Einar spürte, wie ihn neue Kraft durchströmte. Er hockte sich in die Sonne und sah zu, wie sich der Priester Kopf und Körper rasierte. Einar grübelte. Schließlich war er sich sicher, dass Odin am Traum des Priesters nicht ganz unbeteiligt gewesen war.

Nach dem Bad liefen sie durch einen üppigen Garten. Einar staunte über all die Pflanzen und Blumen. „Brich eine Blüte ab", schlug Useramun vor. „Bringe sie Amun-Re als Dank für seine Einladung."

Leise durchquerten sie die Säulenhalle. Schweigend ging der Priester neben Einar her. Mit jedem Meter wurden seine Schritte bedächtiger. Am Ende schien er dem Heiligen Schrein fast entgegenzuschweben.

Es wurde immer dunkler. Nach einem tiefen, glückseligen Seufzer betrat der Priester das Heiligtum. Der Raum war kaum größer als

Einars Zimmer am Fjord. Die Wände waren mit Gold ausgekleidet. Reliefs erzählten von Amun-Res Taten. Krüge aus Bronze enthielten duftende Flüssigkeiten. Unzählige Kerzen tauchten den Raum in goldenes Licht. Zwanzig Hohepriester drängten sich vor einem mannshohen Schrank mit zwei Türen. Einar hatte gerade die letzte Stufe genommen, da begann ein Mann mit einem Pantherfell auf dem Kopf zu singen. Als er verstummte, ging Useramun zu dem Schrein. Mit einem goldenen Messer kratzte er an der Tür entlang. Krümel fielen zu Boden. Der Schrein war mit Wachs versiegelt gewesen.

Jetzt klopfte der Priester vorsichtig gegen die Tür. „Amun-Re erwacht!“, säuselte der Mann mit dem Pantherfell. Die Tür des Schreins ging auf. Eine Figur, etwas größer als Einar selbst, schimmerte ihm entgegen. Der mächtigste Gott der Ägypter war hier als Krieger, nicht als Falke, dargestellt. In der Hand hielt er einen vergoldeten Speer. Auf seinem Kopf thronte die Sonnenscheibe. Einar staunte, wie lebendig seine Gesichtszüge wirkten. Fast hatte er den Eindruck, als lächelte der Gott seinem Gast zu.

Useramun tauchte ein Tuch in einen der Krüge. Gründlich wusch er damit die ganze Figur. Dann tunkte er seinen kleinen Finger in eine Schale und rieb der Gottheit die Stirn mit duftendem Öl ein.

Ein zweiter Priester trat vor den Gott. Mit einer roten Paste schminkte er ihm Augen, Wangen sowie die Lippen.

Zu zweit zogen sie ihm einen mit Goldfäden durchwebten Rock an.

Nun legte jeder Oberpriester bedächtig eine Frucht vor der Figur ab. Zuletzt sah Useramun Einar an. Mit zitternden Knien ging Einar auf die Götterstatue zu. Er senkte den Blick und legte Amun-Re seine Blume zu Füßen.

In diesem Moment setzte der Gesang wieder ein. Die Hohepriester verneigten sich, dann schloss Useramun den Schrein. Mit einem Siegel verschloss er die Türen. Der Gott war geweckt. Jetzt sollte er in Ruhe essen. Rückwärts gehend verließen die Priester den engen Raum. Der Mann mit dem Pantherfell griff zu einem Besen. Das Gesicht zum Schrein gewandt, reinigte er den Raum.

Als Einar wieder in der Säulenhalle stand, klopfte sein Herz noch immer. Soeben war ihm eine große Ehre erwiesen worden.

Useramun räusperte sich. Ernst blickte er Einar in die Augen. „Als ich in der Nacht aufstand, um mich zum ersten Mal zu rasieren, wie es die Tempelordnung verlangt, waren eure Matten leer!"

Einar spürte, wie ihm das Blut ins Gesicht schoss. „Ich … ich kann dir nicht sagen, wo wir waren!"

Der Priester nickte. „Ich vertraue dir, Einar, denn Amun-Re vertraut dir auch! Gehe jetzt zu Minea zurück."

Zwei Briefe

„Da bist du ja endlich!“, rief Minea Einar entgegen. Sie hockte im Schneidersitz auf ihrer Bastmatte. Zwischen die Füße hatte sie Einars Tongefäß geklemmt. Odin leckte ihr den nackten Fuss.

„Odin und ich haben uns ein wenig die Zeit vertrieben“, sagte sie lachend und drehte den Krug um. Der Falkenkopf Amun-Res strahlte Einar entgegen. Die Farbe war noch frisch. „Jetzt ist es eine richtige Kanope“, freute sich Minea.

Einar staunte. „Du bist wirklich eine große Künstlerin“, sagte er beeindruckt. „Vielen Dank!“

Minea winkte ab. „Ich habe zu danken! Denn dein Rat war genau richtig. Amun-Re hat mich im Schlaf besucht. Ich weiß nun, wie wir an zwei Orten gleichzeitig sein können!“

Entschlossen griff sie hinter sich und brachte zwei Papyrusrollen zum Vorschein. „Der große Gott Amun-Re hat mir geraten, zwei Briefe zu schreiben. Einen an meinen Bruder, um ihn zu warnen. Und einen an den Pfeiler wie *Derjenige, der in Theben ist*!“

Verdutzt runzelte Einar die Stirn.

„Na, an Ramses. Das ist einer seiner Goldnamen.“

Einar musste lachen. „Du willst dem großen Pharao einen Brief schicken? Entschuldige, aber du bist nur ein unbedeutendes Mädchen. Kein Wesir und kein Beamter!“

Minea wirkte nicht beleidigt. „Na und? Amun-Re wird schon wissen, warum ich das tun soll!“ Sie entrollte den ersten Brief und begann zu lesen:

„Göttlicher Pharao, groß an Siegen, reich an Schlagkraft, gewaltig an Ansehen, Geliebter der beiden Länder, Göttliches Abbild des Chepri, der die Denkmäler in Uaset hervorragend ausführt für seinen Vater Amun, der ihn auf seinen Thron gesetzt hat, du starker Stier, der …“

Einar räusperte sich. „Ich unterbreche dich ja nur ungern, aber was teilst du dem Pharao mit?“

Minea schaute ihn verblüfft an. „Ach so, das steht hier unten:

Ich werde nicht zulassen, dass Euch oder Eurer Familie etwas geschieht. Mit höchster Achtung, Eure Minea!“

Einar unterdrückte ein Grinsen. „Und daraus soll er schlau werden?“, fragte er vorsichtig.

Minea zuckte mit den Schultern. „Warum nicht? Er ist der gottgleiche König“, antwortete sie. „Und als ich all seine Namen aufgeschrieben hatte, passte nicht mehr viel hin!“

Einar sparte sich einen Kommentar. Der Brief würde den Pharao sowieso nie erreichen. „Und was hast du deinem Bruder geschrieben? Hoffentlich nicht auch nur Anreden?“

Minea entrollte den zweiten Brief und las:

„Verehrtes Familienoberhaupt,

ich muss dich warnen! Manabi, der Hauptmann der Wachen, ist ein Schurke! Er selbst hat den Goldring gestohlen, der in der Totenstadt gefunden wurde! So konnte er die Arbeiter vom Heiligen Berg fernhalten. Während er mit euch redet, plündern seine pflichtvergessenen Kumpane ein Grab. Und halt dich fest, welches: Das Haus von Seti, Ramses' göttlichem Vater! Ein Freund und ich werden das verhindern. Wenn alles aufgeklärt ist, hat das Hungern für alle ein Ende. Das verspreche ich, bei Amun-Re. Minea"

Minea sah vom Papyrus auf. „Na, was sagst du?"

Einar hatte mit großer Aufmerksamkeit zugehört. „Ich finde gut, dass du ihn warnst." Er stutzte. „Aber wie sollen ein Freund und du die Plünderung des Grabes verhindern?"

Verschmitzt lächelnd stand Minea auf. „Das siehst du, wenn wir hinter dem Heiligen Berg sind." Sie schulterte ihre Tasche.

„Meinst du nicht, wir sollten Useramun von

dem Verräter im Tempel erzählen?“, fragte er zögernd.

„Er ist ein so gläubiger Mensch“, erwiderte Minea. „Die Nachricht, dass ein Priester Gold und Reichtum hinterherjagt, würde ihn zutiefst erschüttern!“

Sie legte ein kleines Stück Papyrus zu den Briefen. „Eine Nachricht an ihn. Er wird mir den Gefallen tun, die Briefe zu überbringen. Außer einem Oberpriester könnte niemand meinen Bruder und Ramses erreichen! Und zum Glück hat Useramun es nicht weit. Ich habe gehört, dass der Pharao gerade nicht in der Hauptstadt ist, sondern in seinem Palast hier in Uaset. Bestimmt, um die Bauarbeiten zu seinem Grab zu besichtigen.“

Plan B

Einar war froh, dass es noch früh am Morgen war. Die Sonne hatte den Boden bislang kaum erhitzt. Der Sand zwischen seinen Zehen fühlte sich kühl und angenehm an.

Trotzdem war der Anstieg zum Heiligen Berg mühsam.

Von der Spitze des Berges, den die Einheimischen das Horn nannten, konnte Einar weit ins Tal der Könige blicken. Wie Manabi es gesagt hatte, ruhten alle Arbeiten. Überall lag Werkzeug herum und wartete darauf, wieder benutzt zu werden: Hammer, Steinsägen, Kiepen voller Geröll, Spitzhacken. Einar entdeckte zwei Schächte, die tief in einen Hügel hineinzuführen schienen. Ansonsten wirkte das Tal verlassen und öde. Kein Baum, kein Strauch begrünte den Sand. Und natürlich gab es keine Hinweisschilder, die den Weg zu den

Gräbern wiesen. Die würden erst in mehr als 3000 Jahren für die Touristen aufgestellt werden, dachte Einar. Niemand konnte erahnen, dass im Innersten des Tals Kunstschätze von unvorstellbarem Wert ruhten. Genau deshalb hatten die Pharaonen diesen Ort ja ausgewählt.

„Eigentlich habe ich ein Gedächtnis wie ein Fischernetz“, gestand Minea. „Manchmal vergesse ich sogar das Brot in der Pfanne. Aber wo die Gräber liegen, das habe ich mir genau eingeprägt.“

Sie zeigte in die Runde.

„Hatschepsut und Thutmosis liegen da vorne. Der Erste, wohlgemerkt, Thutmosis III. ist da vorne begraben. Amenophis I. ein Stück weiter dort drüben, und sein Nachfahre Amenophis III. unter dem Hügel da!“

Einar staunte über Mineas Ortskenntnis. Er sah nichts außer Geröll und Sand.

„Hast du von Echnaton gehört?“, fragte Minea. „Er liegt hier! Willst du die anderen 34 auch noch hören?“

Natürlich möchte ich das!, dachte Einar. Um

das herauszufinden, was du mir hier sagst, werden unsere Archäologen noch Jahrzehnte brauchen!

Aber die Zeit lief ihnen davon. „Später!“, sagte er deswegen. „Wie ist denn eigentlich dein Plan?“, wollte er wissen. Mühsam stapften sie den steinigen Berg hinunter. Die Sonne stieg. Bald würde sich das Tal wieder in einen Glutofen verwandeln.

„Die Grabräuber sind schon bei der Arbeit“, vermutete Minea. „Auch wenn sie nur die wertvollsten Dinge mitnehmen, sind sie eine Weile beschäftigt!“

Plötzlich blieb Minea stehen. „Da sind sie schon!“, flüsterte sie. Schnell warfen sich beide auf den Boden. Odin verkroch sich hinter seinem Herrchen.

Hinter einer Kuppe sah Einar in einiger Entfernung vier Männer. Ihre Körper waren von Erde und Staub verklebt. Gerade warfen sie eigenartige Schaufeln zur Seite. Staunend beobachtete Einar, wie sie eine große Steinplatte anhoben und an die Seite hievten. Direkt vor ihren Füßen klaffte nun ein breites Loch.

Im Nu waren die vier darin verschwunden.

„Los, schnell“, kommandierte Minea. „Wir schieben die Platte zurück. Dann sind sie eingesperrt!“

Ohne Einars Antwort abzuwarten, rannte sie auf Setis Grab zu. Odin folgte ihr schwanzwedelnd.

Einar drückte seine Tasche fest an sich und versuchte, die beiden einzuholen. Minea stemmte sich schon mit ihrem ganzen Gewicht gegen die Steinplatte.

Einar lehnte sich mit seinem Rücken gegen den kalten Stein. Er drückte, bis ihm der Schweiß über den kahlen Kopf rann. Die Platte bewegte sich keinen Millimeter.

„Verdammt gut, mein Plan“, keuchte Minea. „Leider funktioniert er nicht!“

Einar wischte sich mit dem Handrücken die Schweißperlen von der Glatze. „Es ist besser, wenn wir Useramun doch alles erzählen“, schlug er vor. „Ohne Hilfe sind wir sowieso machtlos. Auch wenn wir die Räuber einschließen können.“

Minea schüttelte den Kopf. „Dafür ist es zu spät. Plan A war mies“, wiederholte sie. „Dann muss Plan B umso besser sein!“

Einar gefiel dieser Satz nicht. Er klang nach zu vielen grauenvollen Überraschungen. „Was ist Plan B?“, erkundigte er sich flüsternd.

Mineas Augen verengten sich zu Schlitzen. Sie schien zu allem entschlossen. „Ist doch klar“, antwortete sie schließlich. „Wir müssen in Setis Grab!“

Setis unheilvolle Rückkehr

Plan B war keine gute Idee. Das spürte Einar schon auf der ersten Stufe des Grabs. Muffige Luft schlug ihm entgegen. Es roch nach Schimmel und Verwesung. Wenigstens war Odin bei ihm.

Vorsichtig setzte er einen Fuß vor den anderen. Plötzlich waren die Stufen zu Ende. Eine schräge Rampe führte weiter in die Tiefe. Einar schätzte, dass sie mittlerweile gut zehn Meter unter der Oberfläche waren.

Im Dunkeln stieß er gegen Minea. „Da ist die Grabkammer!“, raunte sie ihm zu. Am Ende des Korridors brannte ein schwaches Licht. Mit klopfendem Herzen sah Einar in den Raum hinein. Minea hatte nicht übertrieben. Die Wandbemalungen waren grandios. Im Flackern der Fackel zuckten die Figuren vor und zurück. Einar schauderte. Anubis, der Schakalgott, schnappte nach ihm. Thot hackte mit seinem Ibisschnabel in die Luft.

Einar hielt sich die Hände wie Scheuklappen an die Augen.

Auch der nächste Raum, in dem eine Fackel hing, war leer. Einar sah die Gemälde nicht an. Keuchend stieß er die Tür zum nächsten Gang auf. Wieder eine Biegung. Sie mussten nun tief im Berg sein. Willkommen in der Unterwelt, schoss es Einar durch den Kopf. Er war in einem Grab! Viele Meter unter dem Wüstensand! Wenn jemand die Steinplatte vor den Eingang schob, waren sie verloren!

„Psssst!", zischte Minea und blieb abrupt stehen. Sie standen in einem ausgemalten Raum. Bis auf ein paar seltsame Musikinstrumente war er jedoch leer. „Hörst du das Klopfen? Das sind sie!" Sie kratzte sich am Kopf. „Jetzt fällt mir alles wieder ein. Hier unten war ich natürlich noch nicht. Seti wohnt ja schon so lange hier. Aber mein Vater hat mir den Plan vor Jahren in den Sand gemalt. Hinter der nächsten Tür muss die richtige Grabkammer sein!"

Mit bebendem Herzen hörte Einar auf das pochende Geräusch.

Vorsichtig schlichen sie vorwärts. Was Einar sah, nahm ihm den Atem. Der Raum hinter der Tür war groß wie ein Tennisplatz. An den Wänden stapelten sich Kostbarkeiten. Schwerter, Lanzen, Kisten, goldene Streitwagen, elfenbeinbeschlagene Truhen, ein Thron, Figuren aus Ebenholz, wertvolle Möbel und überall Juwelen. In jeder Ecke blinkte und blitzte etwas. Einar wusste gar nicht, wo er zuerst hinschauen sollte. Aber sie mussten auf der Hut sein! In der hintersten Ecke stand ein raumhoher Schrein. Das Holz war mit Tausend Figuren und Hieroglyphen verziert. Mit Hämmern schlugen die vier Männer auf seine Tür ein.

Einer der Grabschänder setzte nun eine Brechstange an. Krachend zersplitterte das Holz.

„Da“, flüsterte Minea. Sie zeigte auf das, was der Schrein freigab. „Da drin ruht Seti!“

Im Licht der Fackeln erkannte Einar nun, was die Räuber suchten. Den größten Schatz des

Raums, Setis Sarkophag! Auf der äußeren Hülle war der Pharao in Lebensgröße abgebildet. Sein Gesicht schimmerte golden. Einar wusste, dass die Pharaonen in mehreren Sarkophagen lagen. Wie Geschenkschachteln waren sie ineinandergesetzt. Und von Lage zu Lage wurden die Verzierungen wertvoller.

Wenn sie noch etwas gegen die Plünderungen unternehmen wollten, mussten sie sofort handeln.

„Was ist Plan B?", flüsterte Einar.

„Ich …", stammelte Minea. „Ich habe keine Ahnung!"

Entsetzt riss Einar die Augen auf.

„Ich dachte, Amun-Re wird uns schon helfen", gab Minea zu.

Einar warf einen Blick in die Grabkammer. Die Ganoven waren dabei, die Kanopen mit den Organen aus dem Weg zu räumen.

„Das ist es!" Vor Begeisterung hätte Einar beinahe in die Hände geklatscht. „Du hast mir doch erzählt, eure Toten leben noch. Nur woanders, oder? Sie können sogar zu euch kommen und euch besuchen!"

Minea nickte.
„Gut!“ Einar wühlte in seiner Tasche. Feierlich holte er das bemalte Tongefäß hervor. Das Bild von Amun-Re glänzte im Schein der Fackel. Zufrieden stellte Einar die gefälschte Kanope auf den Boden. „Und jetzt gib mir die Trompete da“, bat er. Minea reichte ihm das Instrument von der Wand.
„Gleich wirst du staunen, wie gut uns Amun-Re hilft!“
Einar kniete sich neben Odin. „Minea, halt ihm lieber die Ohren zu!“, bat er. „Jetzt kommt's drauf an!“ Langsam zählte er rückwärts: „Drei, zwei, eins!“

Bei eins stieß er die Kanope in die Grabkammer. Rumpelnd rollte sie auf die Schurken zu. „Wer stört meine Ruhe!“, stöhnte Einar in den Trichter der Trompete. Gespenstisch hallte seine Stimme von den Wänden zurück.

Die Männer fuhren herum. Schreckensbleich starrten sie die Kanope an. Direkt vor ihren Füßen blieb sie liegen. Das Bild von Amun-Re tanzte im Fackelschein auf und ab.

„Seti kehrt zurück!“, brüllte der größte Dieb. „Raus hier!“

Hals über Kopf und ohne Einar und Minea eines Blickes zu würdigen, rasten die Männer aus der Grabkammer.

Minea fiel Einar in die Arme. „Die kommen nicht so bald wieder“, sagte sie lachend.

„Genau“, triumphierte Einar auf dem Weg nach draußen. „Die Plünderung des Grabes haben wir verhindert. Jetzt müssen wir uns um Manabi und deinen Bruder kümmern!“

Doch als sie blinzelnd in die Sonne traten, schallte ihnen ein unheilvoller Ruf entgegen: „Das sind sie, Eure Hoheit. Das sind die Grabräuber!“

Das Gottesurteil

Vierzig Speerspitzen waren auf den Eingang von Setis Grab gerichtet.

„Wir haben sie auf frischer Tat ertappt!“, rief die Stimme.

In diesem Augenblick warf sich Minea zu Boden. „Göttlicher Pharao, groß an Siegen, reich an Schlagkraft, gewaltig an Ansehen, Geliebter der beiden Länder …“

„Hör auf!“ Eine scharfe Stimme durchschnitt die Luft. „Heute Morgen erreichte mich ein seltsamer Brief.“

Der Streitwagen zwischen den Soldaten wackelte. Ein Mann stieg aus. Auf seinem Kopf trug er die zwei Kronen von Unter- und Oberägypten. In der Hand hielt er den Krummstab. Es war der Pharao!

Bombastisch fantastisch!, schoss es Einar durch den Kopf.

„Schon lange gibt es Unregelmäßigkeiten in meinem Palast“, fuhr Ramses fort. „Mal verschwindet eine Ladung Stoßzähne, mal eine einzelne Kette. Mein Goldring mit den beiden Lieblingspferden fehlt auch.“ Der Pharao blieb stehen. „Und nun das Grab meines Vaters!“

Ramses zielte mit dem Krummstab auf Einar. „Schafft mir die beiden Grabräuber aus den Augen! Sie sollen die Strafe bekommen, die sie verdienen!“

In Einars Kopf drehte sich alles. Er hatte gedacht, Ramses wollte sie loben! Für den Brief, für den Trick in der Grabkammer. Jetzt erst dämmerte ihm, dass der Pharao in Wirklichkeit sie für die Räuber hielt!

„Aber … das ist eine Verwechslung!“, stammelte er mutig.

Wutentbrannt schlug Manabi Einar auf den Rücken. Einar jaulte auf. Wie Blitze zuckte es vor seinen Augen auf.

„Ich habe den Brief geschrieben!“, hörte er Minea neben sich rufen. „Warum sollten wir Euch hierher rufen, wenn wir selbst das Grab schänden wollten?“

Ramses wischte sich mit der Hand über den Pharaonenbart. „Da ist etwas dran. Aber da Wort gegen Wort steht, schenke ich meiner Wache Glauben. Und nicht einem Mädchen, das aus der Totenstadt geflohen ist!“

Es ist nicht zum Aushalten!, dachte Einar ohnmächtig. Ramses muss uns doch glauben!

Auf einmal krächzte es. Hugin hockte auf der ersten Stufe des Grabs.

„Mein Brüderchen hat sich an ein Ereignis erinnert. In fünf Minuten wird es stattfinden. Eine Sonnenfinsternis.“ Mit dem Schnabel kratzte Hugin sein Gefieder. „Nutze dein Wissen über Ägypten, Menschlein!“

Ramses klopfte mit dem Krummstab gegen seinen Streitwagen. Sein angeleinter Löwe gähnte. „Bindet die Räuber hinter meinen Wagen. Ich werde sie zum Palast schleifen!“

Minea begann zu weinen. Verzweifelt versuchte Einar, seine Gedanken zu ordnen. Die Sonne!, durchzuckte es ihn dann. Amun-Re ist der Sonnengott!

Ehrerbietig warf sich Einar in den Sand.

„Verehrter Pharao“, begann er. „Amun-Re liebt die Wahrheit!“

Manabi schwang drohend seine Lanze. Doch Ramses hob den Arm. „Es ist mein Wunsch, den Jungen zu hören!“

Einar stand auf. „Wenn Ihr uns bestraft, wird er traurig sein. In seiner Trauer wird er sein Gesicht bedecken.“

Manabi schnaubte. „So ein Unsinn!“

„Schweigt, Manabi!“, fuhr Ramses ihn an. Er sah Einar direkt in die Augen. „Gut, ich werde Amun-Re urteilen lassen.“

Der Pharao sank im Sand auf die Knie. Alle Soldaten beeilten sich, es ihm gleichzutun.

„Amun-Re, mein Vater. Diese beiden Räuber haben das Grab von Seti geschändet. Ich werde sie noch heute bestrafen!“

Einar starrte zum Himmel.

Nichts geschah.

Die Sonne strahlte.

„Das Urteil war eindeutig!“, beschloss Ramses. Zwei Diener eilten zu ihm und halfen ihm auf.

„Viel Spaß bei den Krokodilen“, ätzte Manabi.

„Herr, da!“, rief einer der Soldaten plötzlich. Aufgeregt zeigte er zum Himmel. Langsam, ganz langsam schob sich ein schwarzer Halbkreis vor die Sonne. Von Sekunde zu Sekunde wurde der Schatten größer.

Sofort warfen sich die Soldaten in den Sand. Die Pferde des Pharao legten sich nieder. Sein Löwe kniff den Schwanz ein. Nur Ramses und Einar betrachteten die Sonnenfinsternis im Stehen. Der Pharao war sehr, sehr zufrieden. Sein Gott war gefragt worden, sein Gott hatte geantwortet. Fünf Minuten lang herrschte Stille. Dann war die Sonne wieder da.

„Ich bin unwürdig, Euch Ratschläge zu geben, oh gottgleicher Pharao!“, rief Manabi mit gebeugtem Haupt. „Aber diese vier Männer haben auch mich betrogen! Er zeigte auf die Soldaten, die Einar und Minea aus dem Grab gejagt hatten. „Ich habe mit der Sache nichts zu tun. Bestraft sie!“

Jetzt sprang einer der Grabräuber nach vorne. „Manabi redet falsch!“, platzte es aus ihm heraus. „Er hat uns zu der Tat angestiftet!“ Der Mann griff in seine Tasche und holte den

Ring mit Ramses' Lieblingspferden hervor. „Dieses Schmuckstück hat er uns als Vorauszahlung gegeben. Wir sollten es einschmelzen! Aber ich habe es nicht übers Herz gebracht, dieses Kunstwerk zu zerstören!"

Der Anführer der Wachen lachte nur. „Oh, nein! Du lügst schneller, als ein Falke fliegen kann", schnaubte er.

Das Gesicht des Pharao zeigte Unsicherheit. Offensichtlich grübelte er über Manabis Mitschuld nach. Einar blieb nur eine einzige Möglichkeit: Er musste bluffen. Er musste so eiskalt lügen, dass sie gar nicht anders konnten, als ihm auf den Leim zu gehen.

„So müssen wir Amun-Re noch einmal befragen", sagte Einar und legte so viel Feierlichkeit wie nur möglich in seine Stimme. „Wenn sich die Sonne wieder verdunkelt, ist Manabi schuldig!" Das Blut pulsierte in Einars Ohren. Hoffentlich nahm Manabi ihm sein Possenspiel ab. Natürlich würde sich die Sonne nicht noch einmal verdunkeln – aber das wussten Manabi und der Pharao ja nicht! Oder?

Ramses blickte zum Himmel.

In diesem Augenblick rannte Manabi los. Mit dem Ellbogen schlug er zwei Soldaten nieder und eilte den steinigen Abhang hinauf. Einars Trick hatte funktioniert!

„Los, Odin, lauf!“, brüllte Minea.

Noch ehe die Bogenschützen ihre Pfeile abschießen konnten, sprang der Foxterrier an Manabi hoch und verbiss sich in seinem Rock. Der Hauptmann strauchelte. Dann fiel er der Länge nach in den Wüstensand.

Der Pharao schüttelte enttäuscht den Kopf. „Kein Herz kann Amun-Re täuschen!“, rief er.

In Ramses' Palast

Natürlich entschuldigte sich Ramses nicht bei Einar und Minea – schließlich war er der fehlerlose Pharao. Aber er lud sie in seinen Palast ein.

Ein zweiter Streitwagen erschien im Tal der Könige. Kaum waren Einar und Minea aufgestiegen, als der Wagenlenker schon die Peitsche knallen ließ. Zwei pechschwarze Hengste preschten los. Ihr schweißnasses Fell glänzte in der Sonne.

Einar nahm Odin auf den Arm und streichelte ihm über den Kopf. „Das hast du gut gemacht, mein Süßer!", lobte er den Hund. „Ohne dich hätte Manabi seine gerechte Strafe nie bekommen. Mich wundert nur immer noch, wie Ramses aus deinem Brief schlau werden konnte, Minea!"

Minea grinste. „Ich habe es dir doch gesagt:

Ramses ist klüger als wir gewöhnlichen Menschen. Ihm muss man nicht alles erklären. Er liest auch zwischen den Zeilen!“

Der Wagen jagte durch die Wüste. Einar genoss den kühlen Fahrtwind. Aus der Eintönigkeit des Sandes ragten immer wieder kleine Dörfer zwischen den Hügeln auf. Endlich erschien vor ihnen ein riesiger Palast.

„Das … ist der Tempel der Millionen Jahre!“, stammelte Minea beeindruckt.

Einar fiel wieder ein, dass seine Freundin ja eigentlich die Totenstadt nicht verlassen durfte.

Nachdem sie die unzähligen Hallen und Gänge des Tempels durchschritten hatten, führte sie der Wachmann in den Thronsaal.

An der Rückseite des Saals überspannte ein goldenes Dach ein flaches Podest. In seiner Mitte standen zwei prächtige Sessel. Auf dem einen saß eine Frau in einem weißen Gewand. Neben ihr thronte Ramses. Zwei Jungen in Einars Alter wedelten ihnen mit Fächern aus Straußenfedern kühle Luft zu.

Ramses sah merklich entspannt aus. Als sich

Minea und Einar vor ihm niederwarfen, lächelte er.

„Willkommen in meinem Palast!“, begrüßte er sie. „Und da ist ja auch dein Hund! Mutig ist er wie ein Löwe!“

Odin sah sich verwirrt um. Dann bellte er freundlich.

Die Große Königliche Gemahlin Maathornefenere lachte. „Und wie man einen Pharao begrüßt, weiß er offensichtlich auch!“

„Ihr habt das Grab meines Vaters vor der Entweihung gerettet!“, rief Ramses. „Dafür möchte ich euch belohnen. Gold, Juwelen, Elfenbein – nehmt, was euch gefällt!“

Einar stieß Minea sanft in die Seite. Mutig ging sie etwas näher an den Thron heran.

„Sobald meine Freunde im Dorf wieder genug zu essen bekommen haben, hegen wir nur einen einzigen Wunsch: Ich möchte Tempelmalerin werden!“

Ramses lächelte gütig. „Du bist bescheiden. Das gefällt mir! Und dein Brief an mich beweist, dass du dich auf die Schrift der Gottesworte sehr gut verstehst!“

Der Diener schnipste mit dem Finger. Eine der Wachen brachte die Papyrusrolle mit Mineas Nachricht.

„Den mangelnden Respekt gegenüber dem göttlichen Pharao erkläre ich mir mit der großen Eile, in der ihr wart!"

Verdutzt sah Einar auf den Papyrus. Es war der Brief an Mineas Bruder!

„Aber …", stammelte Minea. „Ich habe doch …"

Ramses wischte ihren Einwand mit einer

Handbewegung fort. „Im Lande der Nubier, bei Abu Simbel, lasse ich gerade einen Tempel errichten. Seine gewaltigen Ausmaße sollen die Völker des Südens in Schrecken versetzen. Zu diesem Zweck werden seine Wände mit Bildern der ruhmreichen Schlacht bei Kadesch ausgeschmückt. Meine besten Maler werden dich dort unterrichten. Würde das deinem Wunsch entsprechen?“

Begeistert klatschte Minea in die Hände. „Ja, doch, ja! … Dafür müsste ich allerdings mein Dorf verlassen dürfen.“

Der Pharao lächelte. „Du hast bereits bewiesen, dass die Geheimnisse des Tals bei dir gut aufgehoben sind. Und jetzt tragt die Speisen herein! Der Pharao und seine Große Königliche Gemahlin haben Hunger!“

Als die Diener zahllose goldene Platten hereinbrachten, wandte sich Einar ab. Sein Magen weigerte sich, gefüllten Elefantenrüssel, Ozelotzungen oder Pantherleber zu probieren. Dafür mochte er die Tiere lebend viel zu gerne. Die Zeit war gekommen, zur magischen Insel zurückzukehren.

„Ich muss nach Hause“, sagte er knapp zu Minea.

Seine Freundin umarmte ihn. „Ich weiß zwar immer noch nicht, wo du eigentlich herkommst“, flüsterte sie. „Doch eins ist sicher: Ohne deine bombastisch fantastische Hilfe und die deiner Tiere wären meine Freunde im Dorf sicher mit dem Tode bestraft worden. Und ich würde niemals eine Tempelmalerin werden!“

Sie griff in ihre Tasche. „Hier ist deine Kanope zurück. Ich habe sie aus Setis Grabkammer gerettet, bevor wir hinter den Schurken hergelaufen sind. Und meine Schreibpalette schenke ich dir auch.“

Einar sah auf das Brett mit den Binsen und den Ausbuchtungen für die rote und schwarze Farbe. Sein Herz wurde ihm schwer. Rasch drehte er sich um und rannte aus dem Palast.

Ein Versehen

Über die Felder wanderte Einar zum Nil zurück.

Am Ufer wartete eine Überraschung auf ihn. Unter einer Dattelpalme lehnte Useramun. Ein mysteriöses Lächeln umspielte seine Lippen. „Hat Ramses euren Brief bekommen?“, fragte er. „Ich frage mich schon den ganzen Tag, ob ich nicht versehentlich die beiden Briefe vertauscht habe.“

Einar ging ein Licht auf. Das erklärte alles! Aber dass der Priester die Nachrichten aus Versehen vertauscht hatte, daran wollte er nicht glauben. „Amun-Re hat dafür gesorgt, dass der Pharao den richtigen Brief bekommen hat“, antwortete er zweideutig.

„Du hast Minea einen großen Gefallen getan“, lobte ihn Useramun. „Neige dein Haupt, ich möchte dir danken!“

Zögerlich beugte sich Einar vornüber. Der Priester öffnete eine Schale. Mit einer duftenden Paste rieb er Einars Glatze ein. Seine Berührungen hinterließen ein sanftes Kribbeln auf Einars Haut. „Nun kehre zurück an den Ort, von dem du gekommen bist", sagte er. „Ich selbst muss in den Tempel. Eine Ratte läuft in seinen Mauern herum. Ich muss sie vertreiben!"

Erst als Einar die magische Insel betreten hatte, verstand er die Bedeutung des Satzes: Useramun wollte den gierigen Priester verjagen!

Auf dem Dach der Hütte hockten die beiden Raben und krächzten um die Wette.

„Das war ein bemerkenswerter Ausflug, Menschlein", begrüßte ihn Hugin.

Munin nickte. „Der ägyptische Weizen ist wirklich der beste der Welt!"

Lachend betrat Einar die Hütte. In ihrem düsteren Inneren thronte Odin. Sein Auge war zur Tür gerichtet.

„Einar! Du bist zurück!“, knurrte er freundlich. „Sehr gut, sehr gut!“ Er fuhr sich durch den langen Bart. „Ich muss sagen, dein Mut und Ideenreichtum haben mich wieder einmal begeistert. Die Morgenzeremonie der Amun-Priester habe ich bereits in meine Chronik übertragen.“ Odin strich über das dicke Buch in seinem Schoß. „Aber ein paar Fragen bleiben mir noch. Könntest du …?“

Einar nickte. „Klar!“, antwortete er stolz. „Ich schreibe alles auf, was ich noch über die Zeit der Pharaonen herausfinde!“

Odin brummte zufrieden. „Sehr gut, sehr gut! Dann kleide dich nun an. Die magische Insel befindet sich schon kurz vor der Küste unseres guten alten Norwegens!“

Mit einem Klick! sprang der Spind neben der Tür auf. Als er sich zu ihm umdrehte, spürte Einar einen kalten Lufthauch im Rücken. Odin war verschwunden.

Schnell tauschte er den Wickelrock gegen

seine Kleider. Als er in den Spiegel schaute, traute er seinen Augen kaum: Seine Haare wuchsen! Man konnte ihnen im wahrsten Sinne dabei zusehen! Nach wenigen Sekunden hatte er wieder seine alte Frisur. Useramuns Salbe!, schoss es ihm durch den Kopf.

Als Norwegen auf der großen Landkarte an der Wand aufleuchtete, holte Einar tief Luft. Er war zu Hause.

„Bis bald, Einar!“, krächzte Munin.

„Bis bald, ihr zwei!“, rief Einar. Aber da war er schon auf den Steinstufen der Steilküste. Als er vor dem Haus angekommen war, trat seine Mutter vor die Tür.

„Und?“, fragte sie. „Ist er gesund?“

Einar verzog das Gesicht. „Was?“, fragte er verdutzt. Ach, so! Seine Mutter meinte den Vogel, der eben, vor einer langen Zeit, an die Scheibe ihres Küchenfensters geflogen war. „Sehr lebendig“, sagte er grinsend. Er dachte an Munin. „Wirklich, sehr lebendig!“

Gut gelaunt setzte er sich an den Frühstückstisch. Sein Magen meldete, dass er sich seit zwei Tagen fast ausschließlich von Datteln ernährt hatte. Gierig füllte er eine Schüssel mit Grütze.

Sein Vater sah von der Sonntagszeitung auf. „Irgendwann frisst uns der Junge noch mal die Haare vom Kopf, Stine“, sagte er erstaunt. „Ich dachte, du wärst längst satt?“

„War ich auch!“, antwortete Einar kauend. „Vorhin!“

Nach drei Marmeladenbroten und vier Spiegeleiern zog er sich mit einer dampfenden Kanne Tee in sein Labor zurück. Schließlich musste er heute noch mit einer wichtigen Arbeit beginnen.

Dem Bericht an Odin.

Lieber Odin!

Ich habe eine Menge über die Lebensgewohnheiten der Menschen in der Regierungszeit von Ramses II. erfahren. Aber diese Kultur ist ja noch viel, viel älter!

Pharao heißt *großes Haus*. So ließ sich der erste König nennen, der alle verfeindeten Stämme des Landes vereinigte. Er hieß Menes und lebte um 3000 v. Chr. Überwacht wurden die einzelnen Regionen von Wesiren. Weil jetzt Frieden im Land herrschte, konnte der Pharao große Reichtümer ansammeln. Er beschäftigte Künstler und Schreiber, Architekten und Mediziner – kulturelles Leben entwickelte sich. Menes folgten viele Pharaonen auf den Thron.

Als einer der wichtigsten Pharaonen wird heute Ramses II. angesehen. 66 Jahre lang war er König, eine der längsten Regierungszeiten des Reiches. Die Bilder in den Tempeln zeigen Ramses oft mit Pfeil und Bogen auf seinem Streitwagen. Allerdings war er nicht nur Krieger, sondern wohl vor allem ein sehr geschickter Politiker. Fast 50 Jahre hielt der Friede mit den Nachbarvölkern, den er aushandelte.

Ramses kümmerte sich verstärkt um die schönen Künste. Viele Wandbilder, Reliefs und Statuen in seinen prächtigen Tempeln sind noch immer erhalten. Als Zeichen der Stärke des Pharao planten seine Architekten einen riesigen Tempel mitten in der Wüste. So sollten es die Nubier, das Volk im Süden des Landes, erst gar nicht wagen, den Pharao anzugreifen. Dieser Tempel steht in Abu Simbel – aber nicht mehr da, wo ihn Ramses erbauen ließ. Weil er 1964 vom steigenden Wasser eines Staudamms bedroht war, musste der gesamte Tempel mit vier riesigen Ramses-Statuen umziehen!

Ingenieure zersägten das Gebäude und errichteten es an höherer Stelle neu.
Ihre Religion bestimmte das tägliche Leben der Ägypter. Amun, auch Re, Ra oder Ptah genannt, war der oberste und erste Gott. Er verkörperte die Sonne, die Ägypter stellten ihn als Mensch mit dem Kopf eines Falken dar.
Neben und unter ihm gab es noch ein Dutzend weiterer wichtiger Gottheiten. Sie alle waren für einen Bereich des täglichen Lebens zuständig. Die meisten hatten Tiergestalt oder waren Menschen mit Tierköpfen. Bei wichtigen Entscheidungen wurde einer der Götter um Rat gefragt.

Mumien wirken heute gespenstisch auf uns. Aber nach ägyptischem Glauben lebten die Verstorbenen in der Unterwelt weiter. Deshalb mussten die Körper der Toten vor Verwesung geschützt werden. Man hatte wahrscheinlich beobachtet, dass in heißem

Wüstensand begrabene Tote ihre äußere Gestalt behielten. Die Hitze dörrte die Leichname aus, tötete aber zersetzende Bakterien. Statt die Toten in Sand zu legen, verwendeten die Mumifizierer Natron, ein besonderes Salz. Zusätzlich wurden die inneren Organe entnommen und der Körper mit festen Binden umwickelt. Gestorbene Pharaonen wurden in kostbare Särge gelegt, ein paar Jahrhunderte lang außerdem in große Bauten: die Pyramiden.

Die weltberühmten Pyramiden von Gizeh entstanden in der 4. Dynastie, lange vor Ramses II. Cheops, Chephren und Mykerinos ließen die größten Bauwerke der Welt errichten. Die Cheopspyramide, die größte und älteste, ist 147 Meter hoch und bis auf die Grabkammern und wenige Gänge aus massivem Sandstein. Heute sind sich die Experten ziemlich sicher, dass Bauern während der erntefreien Zeit beim Bau der

Pyramiden und Tempel halfen. Weil der Pharao als Gott galt, war diese Arbeit wohl eine Art Gottesdienst für sie.

Nur sehr kurz regierte Pharao Tutanchamun. Vielleicht hätten wir über sein Leben nie etwas erfahren, wenn er nicht schon mit 18 oder 19 Jahren gestorben wäre. Mittlerweile wurden die Pharaonen aus Angst vor Grabräubern nämlich in versteckten Gräbern im kargen Tal der Könige bestattet. Weil Tutanchamun so früh starb, war sein Grab zum Zeitpunkt seines Todes noch nicht fertig. Deswegen legte man ihn nur in eine recht kleine Grabkammer. Sie lag ganz versteckt und wurde von keinem Räuber gefunden.

Der Fund von Tutanchamuns Grab 1922 war eine Weltsensation. Zeitungsreporter waren live dabei, als Howard Carter die Steintür öffnen ließ. Riesige Mengen Gold kamen zum Vorschein, kostbare Möbel und Statuen. Am interessantesten für die Wissenschaftler war jedoch der versiegelte Sarkophag. In ihm lag noch immer die Mumie des jungen Pharao. Ägyptologen wickelten sie vorsichtig aus und notierten alles, was sie zwischen den Leinenbinden fanden. So lernten sie viel Neues und Interessantes über die große Zeit der Pharaonen.

Wichtig dafür war auch ein Stein, der 1799 bei der Stadt Rosette in Ägypten gefunden wurde. Er war Teil einer Gedenktafel, sein Text war in drei verschiedenen Sprachen eingemeißelt worden. Unter anderem auf Griechisch. Anhand dieser Übersetzung gelang es dem Franzosen Champollion 1822, den Sinn der ägyptischen Hieroglyphen zu entschlüsseln. Ein archäologischer Glücksfall! Da die ägyptischen Schreiber so gut wie alles auf Papyrusrollen notiert hatten, gibt es unglaublich viele Texte über das Leben in jener Zeit.

Manches gäbe es noch zu berichten. Aber das meiste weißt Du ja schon durch mein Abenteuer. Ich hoffe, Du bist auch diesmal mit Deinem Forschungsassistenten zufrieden und lädst mich wieder ein.

Dein Einar

Die ersten 20 Lebensjahre verbrachte THiLO mit Kinderbüchern in der elterlichen Buchhandlung. Anschließend schaute er sich in Afrika, Asien und Mittelamerika um, bevor er mit Freunden als Kabarett-Trio *Die Motzbrocken* erfolgreich durch die Lande zog. Heute lebt THiLO mit seiner Frau und seinen vier Kindern in Mainz und schreibt Geschichten und Drehbücher u. a. für Siebenstein, Sesamstraße, Schloss Einstein und Bibi Blocksberg.
Im Loewe Verlag sind bereits zahlreiche Bücher von ihm erschienen, darunter die Reihe *1001 Abenteuer* und der Kinderroman *Die furchtlose Elf*.
Mehr über THiLO und seine Geschichten erfahrt ihr im Internet unter www.thilos-gute-seite.de.

Almud Kunert erblickte an einem eiskalten Januarnachmittag bei Schneetreiben in Bayreuth das Licht der Welt und bestritt dort auch ihre schulische Laufbahn vom Kindergarten bis zum Abitur. Danach zog sie vom schönen Frankenland ins schöne Frankreich, um in Paris zu studieren. In München schloss sie ihr Studium der Bildenden Künste an der Akademie ab. Seither hatte sie als freischaffende Künstlerin diverse Ausstellungen und ein Stipendium der Sommerakademie Salzburg, außerdem arbeitet sie seit 1990 auch für Werbeagenturen und seit 1991 für verschiedene Verlage.

Komm mit in die Zeit der Wikinger!

ISBN 978-3-7855-6917-7